KB089442

2016

현대인이 꼭 읽어야 할

문파대표시선 59

지연희, 백미숙, 박하영, 탁현미 외 지음

초판 발행 2016년 6월 11일
지은이 지연희, 백미숙, 박하영, 탁현미 외

펴낸이 안창현 **펴낸곳** 코드미디어
북 디자인 Micky Ahn **교정 교열** 백이랑

등록 2001년 3월 7일
등록번호 제 25100-2001-5호
주소 서울시 은평구 갈현1로 318-1 1층
전화 02-6326-1402 **팩스** 02-388-1302
전자우편 codmedia@codmedia.com

ISBN 979-11-86104-37-8 03810

정가 12,000원

2016

현대인이

꼭

읽어야 할

문파 대표 시선 59

2016년 문파문학에서 선정한 대표 詩選

지연희, 백미숙, 박하영, 탁현미 외 지음

밤새워 어둠을 밝히는 외등 하나가 되어

시인, 문파문학 발행인 | 지연희

세상에는 이런저런 아름다운 모습들이 있어 가슴을 따뜻하게 한다. 그중 손꼽을 만큼 아름다운 모습은 자신의 일에 최선을 다하여 열심히 땀 흘리는 모습이다. 그만큼 지금 내가 어떤 일에 집중하여 무엇을 할 수 있다는 것은 행복한 일이다. 나아가 누군가 우리의 영혼으로 직조하여 구조해 놓은 시문학 작품에 관심을 두는 독자가 있다면 더욱 행복한 일일 것이다. 해마다 문파문학 대표시선을 발간하는 이유는 낯익지 않은 독자와의 소통을 위한 일이다. 오직 한 사람이라도 우리의 혼신이 담긴 시 한 편이 독자라는 이름 위에 놓여 지기를 기도하고 있다.

밤새워 어둠을 밝히는 외등 하나가 새벽이 오기까지 혼신을 다하여 빛을 모으는 일은 자신의 불빛이 아니면 길을 잃게 되는 한 사람 때문이다. 하루 종일 일하고도 야근으로 지친 몸을 이끌고 깜깜한 골목길을 걸어야 하는 가난한 가장에게 내어주는 겨울 햇살 같은 따뜻한 손길이 되는 까닭이다. 한 편의 시가 마음 가난한 사람의 가슴에 닿아 별이 될 수 있다면 창작의 방에 앉아 밤을 지샌다 하여도 고통이 되지는 않는다. 가치 있는 무엇을 위한 헌신은 아름다운 꽃을 피우는 나무와 같다.

푸른 녹음이 우거진 신록의 계절이다. 이제 한창 무엇인가 열심히 움직여야 꽃을 피우고 열매를 맺는 나무의 길처럼 시인의 삶은 오직 작품으로 말해야 한다. 더구나 실시간으로 진화하는 인터넷 세계가 인공지능 소유자 알파고를 앞세워 '기계가 인간을 넘다-앞으로 기계와 인간은 공존하게 된다'는 미래를 예측하게 하지만 오직 창의력을 주 기능으로 지배하는 인간을 넘어설 수 없다고 한다. 시문학이야말로 창의적 생산물이다. 시의 길은 살아있는 생명의 길이며 시인은 이 길 위에서 건강하게 호흡해야 한다.

시, 영혼을 밝히는 영롱한 진주의 노래

문파문학회 회장 | 탁현미

밤, 열린 창으로 아카시 꽃향기가 바람을 타고 들어옵니다. 밖으로 나가 하늘을 보니 둥근 보름달이 떠 있습니다. 갑자기 찾아온 더위에 많은 사람들이 두 주먹 불끈 쥐고 앞뒤로 흔들며 열심히 걷고 있습니다. 오직 앞만 보며 갑니다. 언제부턴가 사람들은 밤하늘을 올려다보지 않습니다. 무수한 별들과 수시로 변신하는 달, 무표정한 얼굴로 걷고 또 걷는 모습들을 보며 홀로 불태우며 스러집니다.

어느 청명한 오후가 생각납니다. 친구들과 공원 벤치에 앉아 있었습니다. 옆 벤치에 엎드려 뭔가를 열심히 적던 여인이 말을 걸어 왔습니다. 뜻은 아는데 단어가 생각나지 않는다면서 난처한 표정으로 웃었습니다. 공감이 가는 우리도 같이 웃으며 말이 오고 갔습니다. 그 여인은 올해 환갑이라면서 해맑은 미소를 지으며 지금 자신은 너무 행복하다고 했습니다. 어느 시인한테서 시 공부를 하는데 너무 즐겁다는 것이었습니다. 지금 그 시인의 시를 열 편 쓰고 감상을 적고 있었다고 하면서, 우리 요청에 따라 시낭송을 하고 자신이 적어놓은 감상문도 읽어 주었습니다. 앞으로 빨리 등단해서 한 권의 시집을 내는 것이 꿈이라며 행복하게 웃었습니다. 너무도 오랜만에 보는 행복한 얼굴이었습니다.

올해로 아홉 번째 출간하게 된 문파문학 시선집. 문파문학 회원님들의 일 년 동안의 살아온 흔적과 행복한 땀방울들이 모이고 모여 이루어진 진주알들입니다. 이 영롱하게 빛나는 진주알들이 삭막하고 무관심하고 지친 가슴을 따뜻하게 적시는 행복한 한 잔의 차가 되었으면 좋겠습니다. 그러기 위하여 우리 문파문학 회원들은 창작에 더욱 꾸준히 노력할 것입니다. 한 편의 시가 독자들의 영혼에 아름다운 노래가 될 수 있도록 매진할 것입니다.

contents

contents

contents

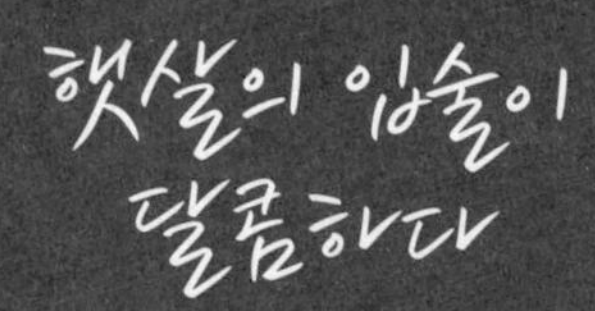

빛의 내력

울림

한줌의 바람

햇살의 입술이 달콤하다

무엇일까

지연희

충북 청주 출생.
『월간문학』, 『시 문학』 신인상 당선 등단.
한국문인협회 수필분과 회장, 한국여성문학인회 부이사장 역임.
국제PEN클럽 한국본부 이사, 한국수필가협회 이사장,
문파문인협회 이사장, 계간 『문파문학』 발행인.
저서 : 시집 『남자는 오레오라고 쓴 과자 케이스를 들고 있었다』 외 6권
수필집 『씨앗』, 『식탁 위 사과 한 알의 낯빛이 저리 붉다』 외 12권

01

빛의 내력

견고한 마름의 날짐승 종아리
마른 나뭇가지 서녘 어둑발에 걸려있다.
발하나 딛기 버거운 빈한함
이쪽도 저쪽도 넘지 못하는 경계선에 서서
목울대에 닿아 주춤거리는 가쁜 숨
검푸른 입술로 가파르게 몰아쉰다
가장 간절한, 두려움의 깊이에 젖은 눈의 말
'나는 지금 어디로 가고 있지?'
거미발로 연결된 희미한 생존의 이유는
생명의 관들을 장착하여
성급한 펌프질 소리를 낸다
최후의 반란
生과 死의 음률 흐르는 어느 간이역의
덜컹거리는
빛

02

울림

바다 밑 아득한 깊이로 물에 닿는 달빛이 곱다

빛의 심장 하나 숨비소리로 부상하는 오늘

하늘엔 눈 맑은 새 한 마리 날아 오르고

두근거리는 두근거리는 풀잎 하나의 발걸음

마른 대지에 나지막이 숨을 고른다

눈부신 빛살로 부딪치는 이 개벽의 울림

03

한 줌의 바람

얼마나 향기로운 일이랴
광명한 아침 햇살을 피워 올리기 위해
어둠의 늪에 드는 저녁 해처럼
그대의 가슴에 드리워진 그늘을 지우는
한 줌의 바람
얼마나 가슴 떨리는 일이랴

조용히 솟아올라 엷은 미소를 머금고
밤의 휘장을 걷어내는 여명처럼
그대의 눈가에 드리워진 그늘을 지우는
한 줌의 바람

04

햇살의 입술이 달콤하다

허기진 시간의 터널
늘 그 자리 창문 밖 장승처럼 딛고 섰는데
맨살을 스치고 지나는 바람은
빈 가지의 종아리를 매질하는 회초리 같다
깊은 상처의 피 흐름도 넘어뜨릴 수 없는 물 흐름
그 찬연한 물살 속에서 봄은 오는가
내 다정한 기다림의 문을 열고 다가서는 그림자
반짝이는 눈웃음으로 스며드는 이
봄이 창 앞에 선다
차창의 유리 벽을 허물고 다가선
햇살의 입술이 달콤하다

05

무엇일까

아침 햇살을 밟고 온 수많은 길들이 놓여진
문밖을 바라보면 눈을 감고도 가 닿는
길 하나가 어머니의 자장가처럼 열린다

앞으로 걸어가야 하는 생각은
하늘의 크기만큼 솟구쳐 뻗어나고
지구의 표피를 더듬고 있는 내 걸음 하나는
등나무 보랏빛 등불 밝힌 호숫가 이슬에 씻긴
곱다한 풀밭을 걸어간다

무엇일까-
무엇일까-
숨죽이며 질척한 땅바닥에 널브러진 말들을
정오의 햇살에 말리고 나면
빈 오지항아리의 가득한 공명이
가을 저녁을 두드리는
귀뚜라미 울음으로 귓가를 감아 돈다

깊고 가늘게 천공을 때리는
어머니의 회초리는 오늘도
고장 난 내 가슴 안으로 떨어져
아린 슬픔을 다독이고 있다

하루가 머무는 창가에 나는 석고상처럼 서서

겨울, 다섯 시 반

초월한다는 것은

젖는 연습

일상

내 뜨락에 비치는 햇살

김상아

『문학시대』 시, 수필 부문 신인상 당선 등단.
한국수필가협회 회원, 경기시인협회 회원, 가톨릭문학회 회원,
창시문학회 회원. 글꽃 동인, 신시문학회 회장 역임, 문파문인협회 회원.
저서 : 수필집 『타이베이의 겨울』, 시집 『키 작은 첼로처럼』

01

겨울, 다섯 시 반

영화 '퐁네프의 연인들'에서처럼
우울의 향기 뿌우연 연기로 가득한
겨울 초저녁 다섯 시 반
잠깐 잠들었던 선잠에서 깨어나는 찰나
내 가슴은 섬짓
이보다 더 외로울 수 있을까
이보다 더 시려울 수 있을까

잠들기 전 항생제에 눌려
알지 못했던
내 안에 고여 있던 고독이
피 토하듯 쏟아져 흘러내린다

스크린 같은 컴컴한 거울 앞에서
부시시한 기다란 머리채를 틀어 올린다
요리를 해야 할 시간
갑자기 잘 치워진 원룸처럼 공허한

저울같은 양 어깨에
두부 한 모, 포항초 한 다발
고독으로부터 도망치려는 듯
높이 높이 널뛰기를 한다

02

초월한다는 것은

초월한다는 것은

차를 오래도록 천천히 마시는 일입니다

눈물을 미소로 바꾸는 일입니다

더 이상 기다림을 갖지 않는 일입니다

목적을 만들기보다 흐르는 삶을 따르는 일입니다

검은 눈빛을 하얀 눈빛으로 바꾸는 일입니다

가까이 바라보는 것이 아니라 멀리 바라보는 일입니다

의자에 앉는 사람이 되기보다 의자를 내어주는 사람이 되는 일입니다

고개 숙여 우물 속을 바라보기 보다
고개 들어 하늘을 바라보는 일입니다

남편의 손길을 기다리기보다 싸늘한 그의 어깨를
담요로 덮어주는 일입니다

나보다 성공한 친구에게 악수를 건네는 일입니다

햇살을 즐기는 것처럼 비도 즐길 줄 알아야 하는 일입니다

한 사람을 사랑하기 보다 여러 사람을 사랑하는 일입니다

그리움과도 이별할 수 있는 냉정함을 갖는 일입니다

가장 큰 두려움을 으스러지도록 껴안는 일입니다

고독을 시로 승화하는 일입니다

03 젖는 연습

욕탕 거울 앞
하얀 입김 녹아
물방울 하나
발등 위로 떨어진다

눈가가 젖고

입술이 젖고

가슴이 젖고

생크림 빛깔의 영혼이 흠뻑 젖는다

나는 알고 있다
비를 맞듯이
젖어야만
진주알 같은 시가 탄생한다는 것

04

일상 - 햇살

나는 아프지 않아요-
라고 이야기하고 싶었다
내게 머물던 너의 눈길이
끊어진 걸 알게 된 순간의 비애
그제서야 내가 아프다는 것을 알았다

하
루
조

옹
일

밤보다 까만
한약보다 쓴 커피를 마신다

네가 오면 종종걸음으로 달려가
두 팔을 벌려야지

너의 목을 꼭 끌어안아 주어야지
귀를 쫑긋 모아 발자국 소릴 기다려야지

하루가 머무는 창가에
나는 석고상처럼 서서
노오란 배추 속 꽃잎처럼 벌어지듯
아리아리하게 다가오는
너를 단념하지 못한다

꼬옥 오리라 믿었던
너의 눈길을 다시 받을 수만 있다면
장님처럼 닫혀있던 내 동공은
깜장 스팽글처럼
빤짝빤짝 빛을 내고 말테야

05

내 뜨락에 비치는 햇살

몇 해인가를
떠났다가 되돌아온
내 집의 넓은 창가
안락의자 당겨 앉아보네

나의 갈색 머리를
하얀 팔을
갓 태어난 새끼 핥아주듯
사랑해주는 햇살

그와 정면으로 포옹하기보다는
조심스레 어깨 돌려
고개를 떨구고 싶네
떠나갔던 시간들
빈 손바닥으로 돌아온 나를
용서해주고 감싸주고 위로 해 주는 그

파라솔 펼치듯 안아주는 그를
감히 바라볼 수 없네
감히 행복하다 말할 수 없네
그에 젖은 황금빛 속눈썹 감을 수 밖에 없네

저 산등성이에 누가 불을 지폈을까

바닷길 열린 무창포

밤 바다

가을 지리산 연가

지리산으로 오시라

서우봉 해변의 바람

박하영

전남 함평 출생.

『창조문학』 시 부문 신인상 당선 등단.

현대수필 회원, 분당수필 회원, 창시문학회 회장 역임, 문파문학회 고문.

수상 : 창시문학상

저서 : 시집 『직박구리 연주회』, 『바람의 말』

01

바닷길 열린 무창포

무창포 앞바다에 바닷길이 열렸다
오전 물이 빠질 즈음 각지에서 모여든 사람들
장화 신고 양동이와 호미 한 자루씩 들고
줄지어 바닷물 속으로 들어간다
멀리서 보기엔 신선 노릇이 따로 없다
하지만 목 빠지게 기다린 사람들
눈에 불을 켜고 조개며 게며 낙지 잡기에
정신없다
저러다 무창포 앞바다는 싹쓸이가 될 것 같다

밤에도 바닷길이 갈라진다
플래시를 번뜩이며 갯벌을 뒤지느라
여기저기 불빛이 수를 놓는다
양동이에 찰랑찰랑 게와 낙지를 잡아들고
나오는 사람들 얼굴에 기쁨보다는
피곤이 얼룩져 보인다

바다가 갈라지는 날은 바라보기엔
넘치는 사람들로 축제처럼 술렁이지만
짓밟히는 바다는 상처투성이다
밀물이 밀려와서 어루만져주기까지
바다는 고통스럽게 신음한다

02

밤바다

어느 먼 곳으로부터 숨차게 몰려오는 너의 정체
철썩 때리는 회초리보다도 더 거칠게 해변을 때리는
포효하는 분노
어두운 바다를 밤새도록 달려와 거칠게 부려놓는
지친 한숨
꺼지지 않는 분노가 산더미처럼 기승을 부리다가
그만 산산조각 부서져버리는 너의 운명

저물어가는 내 마지막 생을
저 아픔 속에 던져도 좋을까

03

가을 지리산 연가

골짜기마다 흩뿌려놓은 물감
온산에 불붙듯 번져가는 지리산
어머니처럼 포근히 감싸주며
기대고 싶은 넉넉한 품이
바로 여기인 것을
세속에 묻어온 티끌 훌훌 날려버리고
이 산의 품에 몸을 맡기노라면

튼실하게 차오르는 정기
첩첩이 산속에 젖어
나를 돌아보게 하고
나를 찾아주는
생명의 산이 여기인 것을
곱게 채색한 옷 갈아입고
산을 찾는 이 안아주려
넉넉히 가슴을 열고 있는 것을

04

지리산으로 오시라

저 산등성이에 누가 불을 지폈을까
붉으락푸르락 타오르는 저 불길
노고단 정령치 뱀사골 피아골 둘러보다
흠뻑 빠져버린 지리산
저물어가는 인생의 허허로움도
포근히 감싸주는 어머니 같은 넉넉함
각박한 세상의 틈바구니
멍울진 가슴의 상처 아물지 않았다면
지리산의 그윽한 품을 빌려
타오르는 산의 정기를 받고 가면
아픈 상처 감쪽같이 치유되는

지리산으로 오시라
고단한 삶일지라도 거뜬히 일어설
힘을 받고 가시라
저 불길이 골짜기까지 번져
다 타버리기 전에 어서 오시라

05

서우봉 해변의 바람

새벽에 찾은 서우봉* 해변은
바람이 심해 정신 차릴 수 없었습니다
드높게 파도를 몰고 오다가 해변에 철썩 부서지는
광경은 꽉 막혀있던 가슴을 서늘하게 했습니다
성난 사자처럼 나를 붙잡고
내 머리카락과 옷자락이 세차게 휘날리며
내 몸은 바다 쪽으로 기울어졌습니다
그때 해안 기슭에 납작 엎드려 바람과 싸우는
풀들을 보았습니다
허리가 휘어질 듯 엎드려 생을 붙잡고 있었습니다
지나온 날들이 저 풀잎이 잡고 있는
삶보다 허술했다는 걸 알았습니다
바람을 피해 자숙할 줄 알아야 한다고
서우봉 해변의 바닷바람은

나를 다시 일으켜 세워주곤
서서히 물러갔습니다

---

* 서우봉 : 제주 함덕에 있는 해변 이름

그 세평 하늘 아래서

달의 미행

목련꽃이 필 때면

옛터

승부역에서

쓸쓸한 질문

송미정

본명 송현숙, 충북 괴산 출생.
『문학시대』 시 부문 신인상 등단, 『수필과 비평』 수필 부문 등단,
월간 『한국수필』 신인상 등단.
문파문학회 운영이사, 고양문인협회 회원, 한국문인협회 회원.
저서 : 시집 『어느 외출』 외 4권, 수필집 『우산 속의 시간』, 『감나무가 있는 풍경』

01

달의 미행

어디서부터였을까
저 은밀한 미행은
먼 불빛들을 별빛으로 읽으며
절망하고 절망하던 날들을 일으키던
그때부터였을까
사각건물 틈에서 잠깐
못 본 듯 지나쳤으나
가로수 사이 길에서
오래인 듯 서성거리고 있었다
외롭고도 지루한 미행으로
청춘의 한때가 얼룩져있던 그처럼
젊은 그 눈빛처럼

어느 날은 몸을 작게 움츠리기도 하고
또 어느 날은 얼핏 몸을 감추기도 하면서
건네는 한마디 말도 없이
발소리도 없이
왜 나를 포기하지 않는 걸까
지워져 가는 옛날을 다시 다듬어
이제 내가 그를
그 기억을 때때로 미행하는 것처럼

02

목련꽃이 필 때면

잊혀졌던 이름들
하나씩 들고
연두가 돌아오면
일없이 마음은
언덕 저편을 넘나들고
약속도 없는 몇 번의 마중 길에
참 쓸쓸하게 목련꽃 핀다
꽃이 되어
비로소 보이는 빈자리
목련꽃이 피면
또다시
생각나는 사람

03

옛터

여기 어디쯤이었겠다
한 번도 닫힌 적 없는 나무 대문
일없이 서서 늙어가던 자리
무쇠솥 넘치게 끓던 열기도
오래전에 사위고
어스름 저녁처럼 저물던

할머니도 가고 없다

자글자글 쌓인 햇살만 굴리다
바람은 지나가고
기억을 가둔 돌담의 시간 속에서
능소화가 홀로
한 시절을 간다

04

승부역에서

하늘도 세 평
꽃밭도 세 평*이라는
어느 시인의 시 구절이 읽혀지는
그 세평 하늘 아래서
기차를 기다린다
저 산봉우리 너머
어미 품 같은 골짜기마다
거기도 세 평일 것 같은 하늘을 이고
물 길어 밥 짓고 땅 일구며 사는
누군가의 터전이겠지
자분자분 강물 소리
산을 넘는 바람만이 소음인
적막이 흙먼지처럼 쌓인 마을을 찾아

계절도 때 거르지 않고
지도에도 없는 길을 드나들겠지

마른 억새꽃으로
아랫도리만 가리고 돌아서는
협곡의 늦가을을 배웅하며
나는 겨울로 가는 기차를 기다린다

---

* 나희덕 시인의 「소리들」 중에서

05

쓸쓸한 질문

허공을 어지럽히는 눈송이 날려
은신하던 마음 서둘러 일으키니
그 눈발
거짓처럼 사라졌다
첫눈 내리면 왜?
순간 반짝한
무모한 설렘에 던지는
질문이 쓸쓸하다
돌아앉은 마음자리를
차디차게 적시는 눈발
시린 눈발들

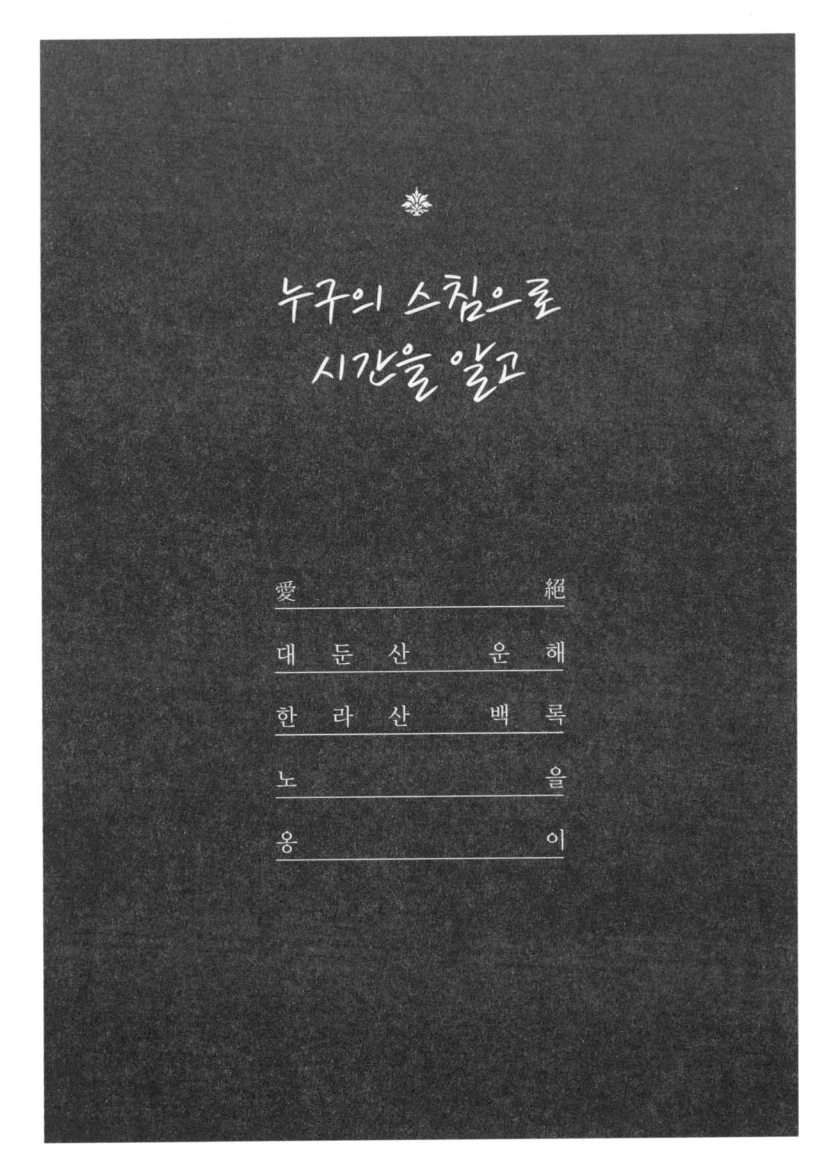

전영구

충남 아산 출생.
『문학시대』 시 부문 신인상 당선, 『월간문학』 수필 부문 신인상 당선 등단.
국제PEN클럽 한국본부 회원, 한국 문인협회 감사, 한국수필가협회 회원, 가톨릭문인회 회원. 문학의집 · 서울 회원, 대표에세이 회원, 경기시인협회 이사, 수원시인협회 부회장, 동남문학회 고문, 문파문인협회 편집국장.
수상: 제2회 동남문학상, 제2회 문파문학상 저서 : 시집 『손 닿을 수 있는 곳에 그대를 두고도』, 『그대가 그대라는』, 『낯선 얼굴』, 『애작』, 수필집 『뒤 돌아보면』

01

愛絶

사랑은 읽혀지는데
그대라는 아쉬움은
늘

사랑은 흐르는데
그대라는 눈물은
그저

풀어놓은 가슴을 조이고
변절하는 다짐을 추스르고
운명 다 한 사랑이 사색이 되어도
내 사랑만 그러랴
하니

갈길 잃고 널브러진
겨울 낙엽이

꼭
그대 떠나보낸
나 같다

02

대둔산 운해

없다
흔한 격정이 가져온
가슴 새로 고인 눈물
그 하찮음조차도 허용하지 않는
고고한 자락의 실체

누구의 허락으로 거기 누워
심금을 우롱하려 드는지

솜털 같은 실루엣이
마냥 손끝에 잡힐 듯하여
휘 적
휘 적
휑 한 가슴속을 저어본다

03

한라산 백록

한 솥 가득
푸름을 가두고
빛을 담아 펼치는
지상 최고의 스크린

탄성조차 모자란 신비
수풀의 눈물을 모아
고즈넉한 분지
우아함을 넘어선 황홀경

누구의 스침으로 시간을 알고
누구의 이끎으로 여기에 있는지조차 모를
무뎌진 감성이 비웃어도
여기가
천상의 파노라마

04

노을

그대가 사라진다는 것은
어둠이 지배를 알리는 서막
타오른 능성이
검은 재가 되도록
한참은
그렇게 붉디붉은 보자기에 싸여
눈꺼풀 닫고 난 뒤
문득 돌아본 곳은
허우적거리는 손질에도 잡히지 않는
눈먼 세상
이유랄 것 없는 저항의 시간
그 짧음 속 환희를 뒤로하고
그대가 사라진다는 것은

黑牛가 세상을 다스린다는
당연한 이치

05

옹이

무심한 풍파
들볶는 사계
황홀한 만추도 없이
늘 푸름 사이 자리한 옹골진 상처
질긴 비바람에 하얀 눈물 흘리면서도
떠나지 못하는 고뇌의 흔적

지나는 세월에 물어도
비웃듯 스쳐만 가고
흐르다 지친 눈물은
버젓이 한자리 꿰찬 흉물 더미
리모델링조차 버거운 시간 흐름에
내내 아물지 않는 절망

열린 한 폭의 수묵화 앞에
이리도 외로워짐은

장의순

일본 동경 출생.
『문학시대』 시 부문 신인상 당선 등단.
한국문인협회 회원, 시대시인회 회원,
창시문학회 회장 역임, 문파문학회 운영이사.
저서 : 시집 『쥐똥나무』

01

묘한 언어들

차라리
하필이면
두 詩題를 들고 보니
흘러간 유행가가 생각난다

차라리와
하필이라면

현실을 외면한 두 언어가 닮았다
이런 언어들을 무소속이라 말하고 싶다
아무데나 붙여도 어색하지 않고 통하기 때문이다.

02

방파제

뙤약볕 아래
풍만한 여인의 하반신이
허옇게 일광욕하고 있다

쏴아~
광풍이 불면
몸부림치는 파도를 운명처럼 받아준다

03

아르페지오네 소나타

당신으로 인해 영원히 추억될
이제는 세상에 존재하지 않는 악기
당신이 아니었으면
어찌 아르페지오네*의 이름이
지금 인간의 기록 속에 또렷이 남아있을까

나는 아르페지오네
세상에 태어나 짧은 생애를 마친
고만고만한 현악기였지
억겁의 인연 속에서
고작 31년을 살다간
천재 슈베르트를 만난 것은 참으로 행운이었어

아르페지오네 소나타
생명의 소리를 만들어준 匠人의 魂이 위로받을 것이요
아르페지오네 소나타
낙엽 휘날리는 가을날
감미롭고 중후한 저음 악기의 선율에는
낭만과 우수와 비애가 묻어있는
당신의 예술혼이 나의 목소리로 오롯이 담겨져 있네요

---

* 아르페지오네 : 19세기 초에 쓰인 첼로와 비슷한 현악기

04

요한 스트라우스의 봄의 소리 왈츠

입춘이 되면
FM에서 콩나물들이 춤을 추며 떠다닌다
봄의 들녘을
하 하 하 웃으며
머리카락 날리며 옷자락 날리며
먼 데서 가까이로 가까이서 멀리로

내 기억의 맨 밑바닥
흙 내음 아련히 풍기는 고향이 있었다
도란도란 내 부모 형제 모여 살았던 곳
바람은 차갑지만 햇살은 따뜻했어
옷섶을 여미도 마음은 솜사탕
가난했지만 그때가 더 행복했다

하늘과 땅을 가득 메우는
환희의 목소리

하 하 하 웃으며
새로운 순환은 봄의 소리 왈츠에서부터 시작된다.

05

안개 속 과천저수지

호수인가 싶더니 저수지였다
하늘도 땅도
경계를 지워버린 안개는
은회색 실크 천으로 물결을 만들고
고요한 새벽의 여백을 채운다

건너편 하얀 아치형의
긴 다리에 휘감기는 뿌연 기체
가로수 앙상한
메타세쿼이어의 허리춤까지 차올랐다

손이 닿는 가장자리엔
봄비에 흠뻑 젖은 실버들
가지 끝마다 투명한 잔구슬을 달았다

무엇인가 설레인다
누군가 그립다
이대로 머물고 싶다
열린 한 폭의 수묵화 앞에 이리도 외로워짐은

순수의 햇살들
비늘 사이에 앉아

김안나

충남 서산 출생.
한국문인협회 이사, 한국수필가협회 사무국장, 한국문인협회 용인지부 부회장,
문학의집·서울 회원, 시계문학회 회원, 문파문학회 총무.
저서 : 시집 『나는』 외 3권

01

여행

촘촘한 그물을 찢고
퍼덕이는 자유의 지느러미
부레를 부풀려 하늘로 오른다

수천 미터 상공
구름이 출렁인다

순수의 햇살들 비늘 사이에 앉아
스스럼없는 대화를 열며
느긋하게 가르는 물살의 여유

02

골드 리트리버

수온계가 거친 숨 몰아쉬던 날
그의 눈빛과 마주친 건 한 평 남짓한 공간이었다
혀를 길게 늘어뜨리고 바라보는 간절함
태생부터 선한 눈에서 그렁그렁한 말문이 열렸다
넓은 흙냄새가 그리운 거다
에어컨 아래 냉커피를 마시고 있는 주인 몰래 난 얼른
그의 목줄을 풀어

눈빛을 끌고 나와
뛰었다
초원의 가르마를 타며 달리는 가랑이 사이로
바람덩이들도 까륵 까륵 뛰었다
축 늘어졌던 꼬리 곧추 세워 더욱 속도를 냈다

누군가의 눈이 되고
마음이 되고
걸음이 되어야만 했던 순종의 일상에서 벗어나
오로지 본능을 즐긴 짧은 시간

그는 아쉬움의 눈빛을 남기고
어슬렁어슬렁 목줄을 걸었다
순종의 조아림에 오랫동안 목례를 보내고 온 날
타박 놓은 불은 국수 후루룩 비워버린 어머니의 빈 그릇을
한참이나 씻고 또 씻었다

03

살아있는 말

주저앉아 차려내는 밥상 숟가락질만 한다면 그게 산 거냐며
헐거운 바지 끈 잡아매고 밭고랑 타는 구부정한 등

손톱 끝 벌어져 흘린 방울들이
몽실몽실 꽃으로 피더니
손 안에 가득 안기는 야문 알갱이들

아끼고 다듬고 한다고 죽어 썩지 않을 몸 있다더냐
백 이십 살까지 살아 밭에서 놀란다
아홉 고개 너머 어르신의 힘찬 말씀

흐느적대던 새파란 어깨가 놀라
발딱 선다

04

거슬러 오르다보면

엎치락뒤치락 공상이 부스럭거린다
파랑파랑한 이십 대
천진한 십 대
.
.
.
꼬무락거리는 손가락
.
.
.
어둠의 물 속
꿈틀대는
점
하나
죽음도 두렵지 않은 열정

서로 다른
너
나
먼 타인

05

정겨운 소리

가물어 헛일했다며
널브러진 고구마 순 고르는 굽은 등

민망한 듯 주춤대는 뿌리
털끝이라도 다칠세라 흙을 제치는 손갈퀴

아이구 그래도 우리 손자 고추만은 허네
내년에는 볼기짝만 헐겨

늘어지게 푸근한 소리에
헐렁한 이랑 위 고구마들
볼똑 볼똑 오줌을 눈다

흔적 없던 빈집에 들어
어둠을 밝히는 흰 빛

아침
빛의 군무
사피엔스
섬 2
다 마르지 않은 빨래

김태실

『한국문인』 수필 부문 당선 등단, 『문파문학』 시 부문 당선 등단.
한국문인협회 이사, 국제PEN클럽 한국본부 회원, 한국수필가협회 회원,
문파문인협회 상임운영이사, 가톨릭문인회 회원, 동남문학회 회장 역임.
수상: 제3회 동남문학상, 제8회 한국문인상, 2013년 한국수필 올해의 작가상,
제7회 문파문학상, 제34회 한국수필문학상
저서: 시집 『그가 거기에』, 수필집 『이 남자』, 『그가 말 하네』

01

아침

빛살 사이사이 숨어
어둠 몰아내는 여리고 강한 힘
지구 저편에 내려놓고 온 눈물 자락은
막 태어나는 아기 울음에 밀려
생각의 방이 하루로 퍼진다
누구도 주인이라 고개 들지 않는
겸손의 시간
쇠비름 자라는 속도에
매듭 풀 서너 발짝 거침없이 걷고
닭의 덩굴 제 기량껏 감아올리는
아침 일으켜 살게 하는 힘이다
여리고 순수한 눈뜸 어디에
생명의 문을 여는
따스한 사랑 숨어 있을까
부드러운 위로의 손길
풀꽃 키우고 있다

02

빛의 군무

흔적 없던 빈집에 들어
어둠을 밝히는 흰 빛
시대를 이어온 DNA 끈
옹골차게 세를 불리더니
얇은 고치 속 생명 꿈틀 댄다
뻗고
돌아누워 펴고
꿀렁 꿀렁 존재를 알리는 38주
집이 좁다
마음껏 날 수 있는 날개 펼 날
머지않은 40주
동과 서를 잇는 교차로 한 가운데
신비하게 탄생할 산뜻한 새 빛
예원, 엘리라고 불릴
새 한 마리 기다리는 사람들
날개에 얹힐 빛살
쌓고 있다

03

사피엔스

유발 하라리 젊은 박사로 인해
21세기에 끌려나온 7만 년 전 DNA
분화구의 그침 없는 연기처럼 솟아
지금, 여기다
스러지고 사라진 거대 영장류과 제치고
살아 진화한 호모 속 사피엔스 종
600페이지로 건져 올려
영혼의 존재이유 밝힌다
그 발자취 더듬지 않았으면
면면한 흔적 어디에도 없을
의식 있는 인류

영원이 잠들어
아무도 깨우지 않을 때
그 사람, 문 두드리며 손잡는 일
2016년 2월 16일
첫 기일을 기억해 주는 일

7만 년 후 누가 우리에게 손 내밀까

04

섬2

육지와 연결된 길 장막을 치고
눈물을 갉아 먹는 벌레
절여진 눈물이 짜다
뭍으로 난 마른땅을 밟고 떠난
허물 옆에서
등대의 외눈 같은 신호를 보낸다
불빛이 닿기에 너무나 먼
소리의 파장이 끝나는 지점
바닷물로 덮인 길 다시 열리지 않아
영영 돌아오지 못하는 새 한 마리
사라지지 않을 푸른 멍 새겨놓고
구름처럼 흩어진 은빛 흔적
파도는 바다를 잘게 부수고 있다
섬에 갇혀 추억을 줍는
모래사장 선명한 발자국

05

다 마르지 않은 빨래

쥐어짜면 물 펑펑 쏟아내던 빨래
탈수 못하고 널었다.
겨우 겉 물기를 걷어내며
햇볕에 말라 간다
죽음 하나 보내고 강물 다 들이켜
솔기로 솟아나던 방울방울
구덕해 보여 꾹 눌러보면
물기 숨어있다
잘 마른 건태처럼 보이는데
눈바람에 얼었다 마르기를 반복한
노릇한 황태 같아 보이는데
답답한 속 시원히 풀어주는
북엇국 되려면
더 널어야 한다
조금 더 말라야 한다
가슴 속 눈물 마르기 기다리는
옷 한 벌

물에 젖은 영혼,
병아리 같은 노란 음악

숨 같은 길

빛나는 멜랑콜리아

벽이 붉어지는 시간

노란 집

페르소나

한윤희

서울 출생.
『문학시대』 시 부문 신인상 당선 등단.
한국문인협회 서정문학위원, 문파문학회 운영이사,
시대시인회 회원, 호수문학회 회원.
저서 : 시집 『물크러질 듯 물컹한』, 동인지 『문파대표시선』, 『숨비소리』,
『내 안, 내 안에서』 외 다수

01

숨 같은 길

이 길 끝, 무엇을 볼 수 있을지 좁다란 길 따라 그냥 걷는다 안으로 안으로 끌려 들어간다 걷다가 구르다가 베키오 다리* 아래로 저 달콤한 문장 옆길로 달리다가 솟구치다가 단테**의 집 낡은 벽과 벽 사이로 흘러다니는 공기, 밥 먹듯 떠먹으며 글자를 멘 사람과 지도를 펼쳐 든 사람 사이로 명품 가방과 명품 페이지 사이로 들이마시고 내뱉고 호수처럼 기다란 길, 누가 초록색 버튼을 누르는지 골목은 잡아당기고 나는 바닥에 굴러다니는 먼지처럼 빨려 들어가고 끊어질만하면 이어지고 끊어질만하면 이어지는 마약 같은 길

* 베키오 다리 : 피렌체 아르노 강 위에 세워진 다리
** 단테 : 13세기 이탈리아 시인, 예언자

02

빛나는 멜랑콜리아

아이를 기다리며
차 안에서 시를 읽는다

무심히 서 있는 소나무 옆
저 혼자 빛나던 가로등
저 혼자 웅얼거리며 뜨겁던 빛

뛰어들어와 문 걸어 잠그고 시동을 건다
아이를 태우지도 않았는데
시속 백오십 킬로로 운동장을 달린다
차바퀴에 물린 채 빛나는
그녀의 멜랑콜리아,
광기 어린 고독, 부풀어 오른다
거북 등처럼 갈라지고 터지는 차창
차 안에 갇힌 광휘

땅은 어두워져 가는데
땅은 어두워져 가는데

03

벽이 붉어지는 시간

저만치 서서
언덕 위에 찬란하게 부비던 얼굴
초록 잔뜩 묻힌 채 고개 너머로 넘어가자
벽들이 붉어졌다
갈피를 못 잡고 흐느적거리던 풀
사람 따라 흔들거리던 사람
풀어진 단추 채우고
두 손 모은다

회개하듯 몸 구부린 집들
열어놓은 창문 일제히 닫고
불현듯,
저녁 길 걷던 카잔차키스*
붉게 충혈된 두 눈으로
성호를 긋는다
저녁밥 지으러 집으로 돌아가던 여인
성호를 긋는다

---

* 카잔차키스 : 그리스의 시인, 소설가

04

노란 집

올리브 나무 숲 속 노란 집
눈만 뜨면 창 밀고 들어와
말도 꺼내지 못하고 반벙어리처럼 앉아 있다
날마다 커지고 커져 바닥에서 천장까지
내 안이 터져 나가려 한다
노란 벽에서 나온 아버지 꽃밭에 물 주시면
물에 젖은 영혼, 병아리 같은 노란 음악
질질 흘리고 있다

물 주는 척하면서 씨 뿌리듯

글자를 뿌려 놓았을 거야
글자는 싹을 틔우고 벽을 타고 오르다가
마당에서 뛰놀던 빨간 머리띠 소녀
덩굴손처럼 감아 오르다가
들락날락 제집 들락거리듯
그랬을 거야

그 벽에 박힌 글자들
밖으로 빠져나오지 못하고

노란 벽 안, 아직도 꺼내지 못한 시

05

페르소나*

그녀의 얼굴은 늘 반짝반짝 빛났다
그녀의 입술은 언제나 붉은 빛이었다

집을 나설 때마다 그녀는
스마트폰 챙기듯
벽에 걸어논 공작 꼬리 달고

너~울 너~울 너~울

너~울 너~울 너~울

그래서 그런지 그녀를 만날 때마다
꼬리밖에는 볼 수가 없다
꼬리만 보고 집에 돌아오니
현관 옷걸이에 얼굴 수만큼 걸려 있다
색색의 공작 꼬리

---

* 페르소나(Persona) : 가면을 쓴 인격

아무리 잊으려 해도
잊히지 않는

무지개처럼

손가락 하나가 아프다

꽃비 내리는 날

이별

이별 후유증

백미숙

제주시 출생. 『한국문인』 신인상 시 · 수필등단.
한국문협동인지 연구위원, 한국수필 부이사장, 문파문학 명예회장.
국제PEN클럽 회원, 문학의집 · 서울 회원, 창시문학회 회장 역임.
수상 : 창시문학상, 새한국문학상, 황진이문학상 본상, 문파문학상, 한마음문화상 외
저서 : 시집 『나비의 그림자』, 『리모델링하고 싶은 여자』,
공저 『한국대표명시선집』, 『문파대표명시선집』, 『성남문학작품선집』,
『새한국문학상수상작선집』, 『한국수필대표선집』 외

01

무지개처럼

개나리가 병아리처럼 삐약이며 걸어온다
벚꽃은 화사하게 진한 웃음 날린다
엷은 바람 꽃잎을 간질이고
봄볕 사알살 가슴을 애무한다
그것들이 살며시 내 마음에 스며들어
잊었던 옛날을 스멀스멀 불러온다

이 봄 지나며 산과 들 더 푸르러지면
장미꽃 줄기마다 내가 붉게 매달려
당신의 담장을 꽃잎으로 덮어주고
당신의 심장 붉은 피로 가득 채워주고 싶다
둘이서 함께 가는 길
소낙비 쏟아진 뒤 무지개 더 반짝이겠지

02

손가락 하나가 아프다

나의 손가락은 열 개다
엄지에 돋아난 가시를 잘못 건드렸는지
밤새도록 칭얼대던 손톱 사이가 노랗게 곪았다
아직 멀쩡한 손가락 네 개나 남아있고
다른 한쪽 손가락까지 아홉이 남아있다
마음 내키는 대로 움직일 수도 있다, 그런데
약을 바르고 밴드로 싸매었는데도
몸살 난 듯 웅싯거리고 짜증이 난다

손가락이 하나도 없는 여자
방망이처럼 뭉툭한 손
그 손으로 쌀을 씻어 밥을 한다
세수하고 거울 보며 머리도 빗는다
끓는 물에 두 손을 삶아버린 그 여자
어쩌겠느냐 어찌할 거냐
먹고 사는 데 불편함은 없다고
웃는 얼굴이 예쁜 그 여자
해맑은 그 눈빛에 나의 시린 가슴이 아프다

03

꽃비 내리는 날

아기 젖꼭지처럼 여물지 못한 꽃망울
하룻밤 지새우고 눈을 떠 보니
실바람에 웅성거리는 꽃잎들
하룻밤 사이에 활짝 피어버렸다

반짝이는 햇살처럼 색시 옷 입고
함박웃음 지으며 춤추는 벚꽃들
며칠만 참았다 피어났으면
이파리들 바람처럼 달려올 것을
앞장서서 서둘러 피어버렸다

아슴아슴 아기 숨소리처럼
봄바람의 옷자락에 매달린 꽃잎들
아장아장 꽃비가 살금살금 내리며
골목길에 수채화를 그리고 있다

내년에도 후년에도, 꽃비는 내리겠지

04

이별離別

그날은
하오의 땅거미가 짙어갔다

가야만 할 시각들이 종점도 없이 떠났다
어제처럼 다소곳이 정다웠던 눈망울을
구겨진 마음속에 깊숙이 숨겨놓고
정녕 무엇인가 말해야 했던
마음의 속삭임을 고스란히 남겨둔 채

그날은 헤어져야 할 인연이었기에
싸늘한 미소를 보내야 했다
내일은 또 다른 순간을 이어
미명에 떠오를 새해를 위하여
새로운 형식形式을 마련해야 했다

하늘의 구름처럼 우리 먼 훗날
어쩌다 다시 만난다 해도
나는 너를
너는 나를 몰라보겠지
나는 가을 산 너는 겨울 바다 모습일 테니까

05

이별 후유증

아무리 잊으려 해도 잊히지 않는
돛단배 떠나고 파도가 울던 그 날 그 밤바다

아무리 버리려 해도 버려지지 않는
그 사람이 건네준 그 노란 은행잎

아무리 뽑으려 해도 뽑혀지지 않는
화살처럼 뱉어버린 그 말 한 마디

아무리 눈을 감고 보지 않으려 해도
그믐밤 어둠 속에 떠오르는 창백한 그 눈동자

인연의 사슬이 철컥 끊어지던 순간
콩방울 같은 심장에서 폭포 쏟아지던 소리

사계절이 바뀌고 낮과 밤이 가고 또 오는데도
그믐밤 숲 속을 헤매는 이별의 꿈을 꾸는 아픔

눈 속에 비춰진 내 모습이 아프다

자유낙하

믹서

물 속의 집

막의 경계

운산
최정우

경기 안성 출생.
『한국문인』 시 부문 신인상 당선 등단.
한국문인협회 회원, 경기시인협회 회원, 동남문학회 회원, 문파문학회 사무국장.
수상 : 제9회 동남문학상
저서 : 공저 『시간 속을 걸어가는 사람들』 외 다수

01

자유낙하

도시가 만들어 놓은 골목길 어딘가
우산 위에 떨어지는 빗방울이 아프다

구르는 것의 비명
자유롭게 자유낙하가 내린다

혈관을 타고 어둡고 깊은 곳까지
거침없이 내리는 빗물

내리고 싶은 것의 자유
높이 바라보지 않고 낮은 곳으로 흘렀다

뼈와 뼈를 거쳐 지구 끝
강물 위에도 비가 내렸다

강물 위에 떨어지는 빗방울이
강물 속에서 헤엄쳐 내렸다

자유로운 자유낙하
콘크리트 창문 밖에서 도시를 두드렸다

한번 떨어지고 싶은 자유
도시가 떨어지는

02

믹서

날을 세우고
믹서가 대신해서 사정없이 부셔버리는 것들
아우성치는 거친 숨소리
찹쌀인지 멥쌀인지 모를 것을 빻는다
넣기만 하면 이를 세우고
육즙을 즐기며 소리를 지른다
칼날은 날카롭고 좀 더 위협적으로
할 일을 한다
김이 모락모락 나는 전 단계 행위
시루에 안치고 불을 지핀다
절구가 빻았을 세월이 돌아간다
빠르고 잔인하게
눈빛과 눈빛이 마주 보며 빻았을
찌꺼기까지 남김없이
식물인간의 전 단계
소화기관도 필요 없다
모두 갈아버린다
이빨 사이에 낀 살갗의 맛
맛은 멈추지 않았다
이쑤시개에 묻어 있는 마지막 맛까지
쑤셔 넣는다

03

물속의 집

수면 위로 시간이 흐른다
물속에 집을 짓고 시간 속으로 들어갔다
공유하기 싫은 몸뚱이가 구석에 놓여 있다
지루한 오후가 스멀스멀 지나가자 앞 지느러미가
손톱 모양으로 조금씩 돋아났다
돋아난 만큼의 물이 증발되고
의식 없이 심장 소리가 꼼지락거렸다
물이 심장 소리만큼 움직이자 몸이 앞으로 나아갔다
최초의 반항이었다
스스로의 의지가 자유롭게 물속에 녹아들었다
물속에 몸이 녹아 들어갔다

다시, 먹이가 시간 속으로 들어간다
발바닥이 투명한 물을 젓는다
발바닥의 자유만큼 생명이 꿈틀댔다
옷을 벗고 수족관으로 들어가는 시간이 점차 늘어났다
상처 난 침묵이 물속에서 흔들렸다
지느러미를 길게 늘어뜨리고 지나가는 밤
벽에 막힌 지루한 하루가 멈춰 섰다
마주 서서 물에 비춰진 입술을 바라본다
오물거리며 말도 조금 하는 듯하다

주어진 먹이만큼만 먹으라는 시간이 흘러갔다
오늘만큼은 나도 물속에서 잠을 자고 싶다
잠이 물속에서 출렁인다
먹다 버린 찌꺼기가
투명한 유리 속에서 파란 이끼로 돋아난다

04 막의 경계

비닐 봉투가 아이 손에 들려져 있다
들려진 얇은 막 속에 금붕어가 숨을 쉬고 있다
살아서 움직이는 눈이
나를 본다
눈이 하나밖에 없다
눈 속에 비춰진 내 모습이 아프다
내가 서 있는 공간 속에 비닐을 투과시켜본다
금붕어의 눈 속에 갇혀 있는 나를 본다
건물 속에 갇혀서 금붕어의 눈 속에 서성였다
비닐을 사이에 두고 눈과 눈이 긴장한다
막의 경계가 금이 가기 전까지의 일이다

비닐 속에서 쏟아지는 한 줌의 물속에 금붕어가 떨어진다

마른 바닥에서 펄떡이는 흙덩이가 나를 본다
건물 속에 갇혀 있는 금붕어의 눈 속에서 내가 퍼덕인다
건물 밖의 공간이 퍼렇게 내 목을 조여온다
내 호흡이 길바닥에 펄떡거렸다
눈을 감았다
내 눈 속에 들어앉은 공간이 사라져 갔다
가상현실처럼 쉽게 사라졌다

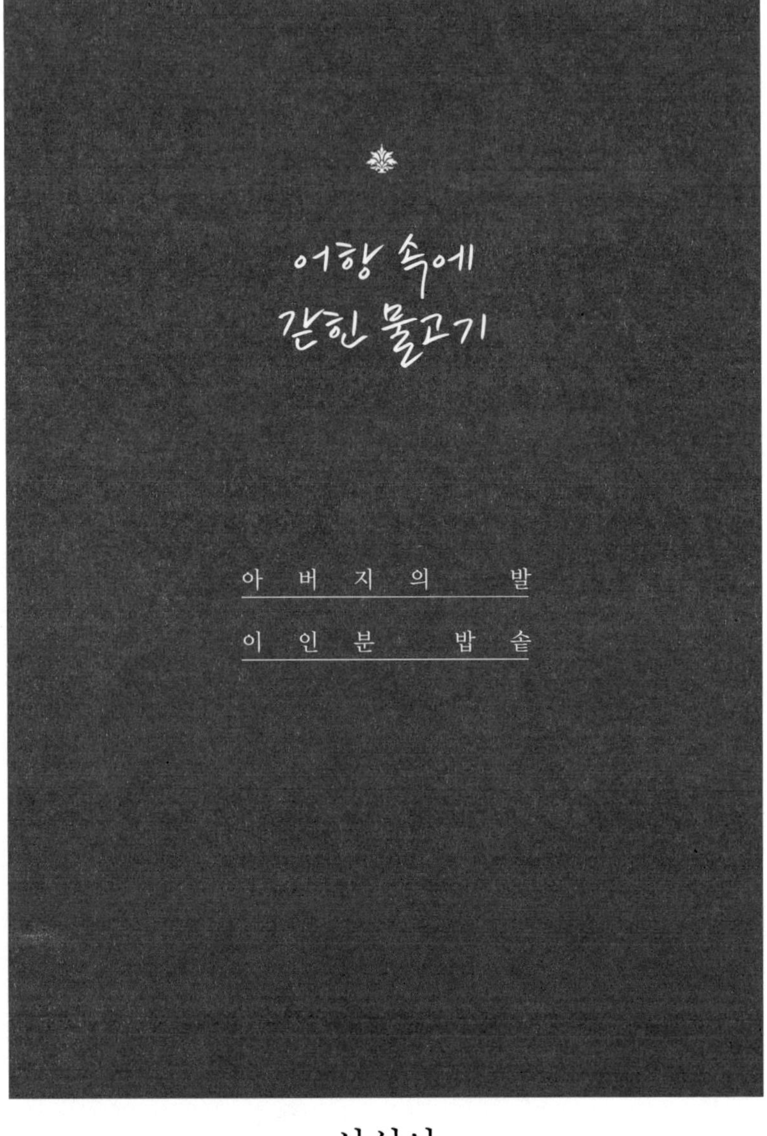

서선아

대구 출생.
『한국문인』 시 부문 신인상 당선 등단.
한국문인협회 위원, 경기시인협회 회원,
문파문인협회 회원, 동남문학회 회장 역임.
수상 : 제5회 동남문학상
저서 : 시집 『4시 30분』

01

아버지의 발

침대 아래 무릎을 꿇고
조그만 물그릇에 담긴
아버지 발을 씻겨드린다

넓은 바다 마음껏 누비다
어항 속에 갇힌 물고기
비누질 살살 간지럼 태워
통증 잠시 웃음으로 바꾸어본다

어릴 적 아버지 발은 큰 군함만 했는데
내 손안엔 굳은살로 딱딱한 작은 금붕어
맑은 물로 헹구며 걱정을 씻어본다

인공산소로 유지되는 작은 어항 속 삶이라도
내일 또 내일 아버지 발을 씻겨드리고
어제를 용서받고 싶다

02

이인분 밥솥

따뜻한 밥 한 공기가
고소한 참기름이기도 하고
달콤한 벌꿀이기도 한
이인분 밥솥의 요술

이인분 밥솥
10인분 압력솥에 자리 내어주고
하루 6개의 도시락과
식구들 먹거리 뒷바라지로
솥에서 나는 김만큼 하루의 땀을 흘렸다

이제 큰 밥솥은 찬장 속에서 잠들었다가
명절에나 얼굴을 비치고
다시 이인분 밥솥이
낡은 가스불 위에서 끓고 있지만
고소한 참기름 냄새는 없다

적당한 불기운에
구수한 누룽지를 깔고 있는 밥
내일도 이인분 밥 짓기 원하며
밥그릇에 정성을 더해본다

벚꽃 같은 만남을 위해

인공 날개

벚꽃 약속

메르스

어머니 문

구름 그림자

이규봉

충북 제천 출생, 한양대 대학원 졸업.

『한국문인』 시 부문 신인상 당선 등단.

한국문인협회 윤리위원, 경기시인협회 회원, 문파문인협회 회원.

동남문학회 회장 역임, 사진예술 회원, 寫藝 작가.

수원교구 가톨릭사진가회 교육위원.

수상 : 제6회 동남문학상　저서 : 시집 『울림소리』

01

인공 날개

겨드랑이에 날개 자국이 없다
인공 날개를 달고
남태평양 위 오천 미터 상공을 난다
성에 낀 한 자 창밖의 시야는
퐁당 빠져들 것 같은 스카이 블루
폭 파묻히고 싶은 형형의 하얀 솜꽃들
태양과 가까워진 거리만큼 더 환해진
햇살로 가득하다
이 광활한 공간의 숨은 침묵 속을 날아가는
오백 명 명줄로 꽁꽁 동여 있는
얇은 비행기 날개
이방인처럼 고독하다
미친바람 짙은 안개 먹구름 속에서도
하늘의 아스팔트길 벗어나지 말라고
태양에 녹아버리는 이카로스의 날개*가 되지 말라고
나는 한 사발 기도를 퍼내 비행기에 떠먹인다

그런데도, 밀랍蜜蠟으로 붙여놓은 인공날개
혀를 날름대는 추락의 그림자
태양 가까이 높이 날지는 말 일이다
날개의 힘보다 더 높이 나르려는 욕망이 추락을 손짓
한다

탐욕이 빚은 큰 날개의 추락
지금 막 피어난 봄꽃들의 낙화를 불러온다
비행기 날개 저 너머로
지상 최후의 낙원 초록 섬들이 보인다.

---

* 그리스 신화에서

02

벚꽃약속

벚꽃이 피면 다시 보자고
약속한 사람이 있다

벚꽃 같은 만남을 위해
세례로 묵은 때를 씻어내듯
나는 손을 닦아내러 물가로 나선다

버드나무는 가지마다 연두색 소식을 달고
봄비처럼 만남을 재촉한다
갈매기 날개처럼 굴절된 빛살로
환히 밝힌 물속에 손을 담그자
성인이 제자의 발을 씻겨주듯
물살이 찰싹찰싹
손에 묻은 일 년 분 때를 씻겨준다

발은 손보다 깨끗하다며
바람이 불자
파도가 물 위에 낮게 엎드려
아버지가 댑싸리비로 흙 마당을 쓸어내듯
내 속을 빗자루로 쏴아 쓸어내며
진달래꽃 붉어진 산등성이 쪽으로 달려간다

물 위에 하얀 꽃잎이 몇 개 날아든다
나는 물 위에 새겨진 자판의 글자를 누른다
'벚꽃이 지기 전에'

솔잎 사이로 바람이 메시지를 안고 달려간다
내일 모래가 부활절이다.

03

메르스

천둥이 치고 소나기가 쏟아지고
먹구름이 창밖을 뒤덮는
터널형 자동세차장 깊숙한 곳

박쥐처럼 차벽에 붙어 숨죽이고 있는데
눈앞에 나타난 열두 글자

'하면 파란 하늘이 기다립니다'

이 컴컴한 절벽에도 시가 있었구나
사람과 사람 사이에 걸쳐진
숨길을 막아서는 메르스 장벽
이 검은 마스크를 벗겨낼 시는 없는가

메르스 환자가 바이러스를 토해내는
대형 병원 음압실
거기서도
구름 없는 파란 하늘 건너다볼 수 있을까

사이토카인* 폭풍이 불어 닥친 환자들
터널 속에 누워있긴 너무 젊은
해야 할 숙제가 항아리에 그득한
30대 의사와 경찰관
에크모** 치료를 받고 나면 파란 하늘이 기다릴까
은행나무가 노랗게 물들 때까지 기다려야 하는 건가

초록 불이 켜지고 세차장을 빠져나온다
파란 하늘이 기다리고 있었다
하늘엔 마스크가 없다.

---

* 사이토카인 : 혈액 속에 함유되어 있는 면역 단백의 하나
** 에크모 : 체외막 산소 공급 장치

04

어머니 문

어머니, 당신의 문엔 유리가 없었습니다
하얀 문종이가 발라 있었습니다
어머니 방에선
작은 등잔 불빛이 새벽까지
문밖으로 새어 나오고 있었습니다
저는 그 불빛을 먹고 자랐습니다

어머니 당신의 문엔
국화 꽃잎 코스모스 꽃잎이 곱게 피어 있었습니다
파란 잎사귀도요
저는 꽃과 잎을 보면서
눈이 한 자나 쌓이는 산골짝 겨울을 났습니다

어느새 문 바를 계절이 돌아왔습니다
제 마음속엔 어머니 문이 한쪽 있습니다
해마다 어머니가 새 종이를 바르고

가을꽃들을 새겨놓고 가십니다
저는 해마다 문 바르는 계절이 오면
마음의 창이 밝아집니다.

05

구름 그림자

굴참나무가 바람의 깃털을 뽑아
산의 정수리에 뿌린다

위만 쳐다보느라 미처 보지 못했던
동쪽 끝
병풍처럼 일렬로 둘러쳐진
백운산 바라산 국사봉 이수봉 청계산 매봉산
오후 햇살이 산을 삼킨다

솔개 같은 구름그림자
꽁꽁 언 호수에서 산 중턱을 거쳐
빙벽을 오르는 클라이머처럼
산봉우리 쪽으로 한 발씩 오른다

산이 거기 있어
운명처럼 산을 오르다가
설산에 육신을 묻고 끝내는 산이 된

어제 영화 '히말라야' 속에서 만났던
그리고 '안나푸르나'의 꿈속에 잠든
산의 영령들

산봉우리를 밟고 하늘나라로 오르며
고독을 완성한다.

김영숙

전남 목포 출생. 『한국문인』 시 부문 신인상 당선 등단.
문파문인협회 회원, 경기시인협회 회원, 새한국문인회 회원.
동남문학회 회장 역임.
수상 : 2011년 동남문학상
저서 : 시집 『문득 그립다』

01

길목에서

길목에서 너를 만나
길목에서 너를 보낸다

그 어디쯤 길목에서 서로에게 안부를 묻고
그저 그렇게

어디쯤 길목이었을까
우리가 첨으로 부딪쳤던 그 순간이
낙엽이 뒹구는 쓸쓸한 뒷골목이었을까
아님 시끌벅적한 시내 한복판이었을까

가슴이 뜨겁게만 느껴졌던 그 길목이
이젠 차디찬 가슴이 되어
어느 길목인지 혼동이 올 수도 있겠지만
어찌 됐든
너와 나 그 길목에서 시퍼런 멍 하나씩
가슴으로 안았다는 거

그 어디쯤 길목에서

02

걷다

함께 길을 걸어보자
걷다 보면 두 개의 마음이 하나가 되고
걷다 부딪치면 한발 물러나면 편해지고
걷다 힘들면 잠시 쉬어 가는 것도 좋고
가끔 적정거리를 두고 걸어 보면 조그마한
그 틈으로 살랑대는 바람이 기분 좋게 한다

함께 걷는다는 것은 어쩜 서로 통하기도 한다는 것
걷다가 서로 돌부리를 차보기도 하고
이름 모를 들풀에 대해서도 이야기하고 그러다 보면
어느새 서로 통하는 사이가 돼 있겠지요

가끔 누군가와 걸어 보는 것도 아주 특별한 기억으로
남게 될지도 모를 일입니다
그러다 한없이 걷고 싶어질지도 모를 일입니다

환시일까 환청일까

차라투스트라에 관하여 1

차라투스트라에 관하여 2

오늘의 요리

변신

멜랑콜리커

박서양

서울 출생.
가톨릭대학교 국어국문학과 졸업.
『문파문학』 시 부문 신인상 당선 등단.
한국문인협회 회원, 문파문학회 부회장, 호수문학회 회장.
저서 : 시집 『리허설』

01

차라투스트라*에 관하여 1

잠은 음습막막한 현실, 긴 여행 끝내고 깊은 잠 빠질 그 날까지
난 푸근한 잠을 위해 타협하지 않을 것이다
밤이 눈앞에서 영원히 꺼져 버렸으면 했던 날,
10년 묵은 소파를 치워 버렸다.
단 5분을 등대고 누울 수 없었던 괴물
갓 시집온 침대 느낌 은빛 소파는, 침실에서 밀려나 거실을 배회하던 나
를 덥썩 품어 주었다. 든든한 내 편 하나 생겼다.
벌러덩 누워 리모컨 하나로 심야방송 섭렵하면서
설핏 잠들었다, 설핏 깨어나길 수 없이 반복하면
곤혹의 시간 잘도 흘러간다.
다음날도
그 다음날도
곤한 잠 구걸하지 않겠다.
십계명 중 서너 가지는 지키지 못할 것이고
시시각각 엉겨 붙는 불안 심리 품어 안을 것이고
잘 버무려진 증오 미움 곱씹으며 일상을 엮어나갈 것이다.
비애를 카펫처럼 깔아놓은 어둠의 등짝을 잘근잘근 밟아주고
침묵 깨우려 두들겨대는 둔탁한 리듬 익숙하게 귀에 담을 것이다

"잠들면서까지 살아갈 것을 걱정하는 자와
죽으면서도 어떤 것을 붙잡고 있는 자를
나는 보았네."
누군가에게 들켜버린 섬뜩한 민망함마저도
여지없이 그냥저냥 견딜 것이다

02

차라투스트라에 관하여 2

췌장암 말기 판정받은 엄마를 위해 잽싸게 만들어내, 매달린 신
대장 밑바닥서부터 치솟아 오른 청아한 아부
강직한 부르짖음에도 기적은 일어나 주지 않았다
구원의 확신 강요당하다
무너져 내리는 신체에 절망하다
몰락해 버린 엄마의 육신
윤회도 내세도 없다니
배후 세계란 한낱 망상일 뿐이었다니
차가운 맨바닥에 철퍼덕 주저앉았다
병들면 마귀도 약해진다.

"차가운 눈길을 삶과 죽음 위에 던지며 지나가거라 말 탄 자여!"

30년 넘어 누렇게 바랜 시집 첫 페이지 빈 공간
연필로 흘려 쓰여졌다 세월과 함께 늙어가는 문구

아픈 몸이 아프지 않을 때까지
온갖 식구와 온갖 친구와 함께 가자던 김수영 시인
비쩍 마른 얼굴과 병색 짙은 표지 사진 속
퀭한 눈이 한량없이 선하기만 하다.
자유 핏빛혁명 위한 분노의 격한 숨결 어느 순간 사그라 들면서
'거대한 뿌리'라는 제목이 무색하기만 하다.
병들면 마귀도 착해진다.

---

* 『차라투스트라는 이렇게 말했다』에서 인용

03

오늘의 요리

Ⅰ. Well-being
불면과 망상은 한통속이다
밤새 지껄여대는 거실 TV 속 숱한 정보들
이어졌다 끊어졌다 귓바퀴에 맴돌더니
한순간 집착과 분노 맥없이 부서진다
망상의 무게가 갑삭하다
합해봐야 고작 한 시간도 안 되는 수면 상태

잠들었던 양 시치미 뚝 떼고 안구 속 붉은 거미줄 매단 채
번쩍 눈을 뜬 신새벽
육신의 허기가 주방을 향해간다
수도꼭지 거센 물살에 매운맛 털어낸 묵은지 한 포기
무항생제 고깃덩이 등에 업고 요동을 치다
들깻가루 들기름 합세한
완벽한 웰빙식 한 냄비

Ⅱ. Well-dying
'때때로 마시는 얼마간의 독
그것은 단꿈을 꾸도록 한다
그러고는 끝내 많은 독을 마심으로써
편안한 죽음에 이를 수도 있다.'*
두꺼운 검은 냄비에 양념 끼운 묵은지 깔고
향이 독한 부재료 듬뿍 넣어 버무린 후
치명타 제초젤랑 쬐금만 넣으면
감쪽같이 정겨운 김치찌개 한 냄비
영혼의 허기가 저지르는 잔혹한 쾌락을
으시시한 배려를
맛있게 드세요

---

* 『차라투스트라는 이렇게 말했다』 서문에서 인용

04

변신 變身

허연 두루마리 천 휘감고
파괴와 구축 되풀이되는 신병神病*을 앓고 있다
영천시장 건너편 재개발 지역 '경복궁 자이'

크루스비예가스** 구부렸던 허리 펴고 몸을 세우면
바닥에 깔린 벽돌 슬레이트 지붕… 신발 의자 자전거…
환생 꿈에 젖어있던 폐자재 폐품들…
'한 존재에서 다른 존재로의 탈바꿈' 시도한다.

쌔근거리는 숨소리 하얗게 뿜어내며
양은들통 덜렁이며 도가니탕 사러 가던 신새벽, 사라진 사람들
어스름한 퇴근길, 수십 년 귀에 익은 발자국 소리 깡그리 품어주던
울퉁불퉁 구겨진 골목길, 흔적 남기고 떠나버린 사람들

환시幻視일까 환청幻聽일까
늘씬하게 뻗어 오른 아파트 동 사이사이
아기 전용 승용차의 날렵한 움직임
갓 태어난 아기들 옹알이로 입술 들썩이더니
목젖 열어 보이며 우렁차게 터뜨리는 웃음소리

---

* 신병 : 강신 체험 현상의 하나
** 크루스비예가스 . 해제와 구축을 순환시키는 건축학 방법론자. 사물들을 새로운 용도에 맞게 재활용한 '자가 건축'과 '자가 해체'의 예술적 실천가

05

멜랑콜리커*

20년 전 늦은 가을
어깻죽지 한껏 기울인 정오의 햇살
성급하게 어둠을 암시하던 서너 시경

벌레 먹은 무공해 김장 배추 앞마당에 쏟아놓고
서둘러 돌아가시던 엄마 모습
뽀얀 먼지 뒤집어쓴 낡은 승용차
주택가 골목길 돌아나갈 때
언뜻 차창 너머 나부끼던 흰 머리칼
휑한 가슴 쓸고 지나가던 암울한 이별 예감
문신처럼 찍혀 버렸다

두뇌를 속여
슬픈 기억 따돌려 빠져나가도록
기억의 회로 바꾸려는데
아직
여전히
기억의 창고에선
슬픈 예감 그 순간
'억새처럼 흰머리 바람에 나부낀다'

---

* 멜랑콜리커 : 애도가 지나쳐 죽은 사람의 유골함을 가슴에 품고 사는 자

별을 헤듯,
길고 긴 심연 깨운다

고독을 용서하다

교집합

별 하나 바람 한 줌

섬

뒷담화

전옥수

부산 출생.
『문파문학』 시 부문 신인상 당선 등단.
동남문학회 회장 역임, 문파문학회 운영이사.
수상 : 제10회 동남문학상
공저 : 『하늘 닮은 눈빛 속을 걷다』 외 다수

01

고독을 용서하다

도무지 맞추어지지 않는
시선 한 자락
쿵 하고 내려와 가슴에 자리했다
봄 햇살 찾아 흐르던 시간은
구닥다리 컴퓨터같이 버벅거리고
천정에 나열되는 밤은 하얗다
웅덩이에 던져진 요셉의 옷깃에 깃든
고독을 주워담는다
찰랑찰랑 채워진 항아리를 들고
우물가에 서성이는 그녀는
목이 마르다
'새 계명을 주노니 서로 사랑하라'
'우리가 우리에게 죄지은 자를 사하여 준 것 같이
우리 죄를 사하여 주옵시고'
그녀 눈가에 삼월 봄볕이 보석같이 매달린다

02

교집합

파란 불꽃 파르르 떨다
허리춤에서 멈춰버린

무명천 같았던 그녀와의 시간들
단팥죽 속에 묻혀 있던
인절미 조각처럼 목젖을 뜨겁게 훑는다
명치끝에 칭칭 감겨 있던 옅은 기억은
포목점 구석에 진열되어 녹슬고 있었다
새하얀 교복 카라
풀 먹여 빳빳하게 다림질하던 그 체온
두루마리 휴지 풀어내듯 꺼내 비행기를 탔다
딸과의 여행
깍지 낀 손가락 사이에
축축하게 고여드는 흐느낌
티켓 팅을 하고
커피를 마시고
낯선 거리에서 쇼핑을 하고
사진을 찍다가
혈관같이 촘촘히 이어진 내 어머니 길에
내 딸과 함께 서 있다

03

별 하나, 바람 한 줌*

새로운 길 따라
흘림체로 오르는 언덕

하늘을 우러러 한 점 부끄럼 없기를
소원하던 별 하나
암울한 물탱크 속에
시린 눈물로 고비 고비 붉게 맺혔다
수조에 싸인 네모난 하늘
그렁대던 별빛 흩뿌려진 인왕산 기슭
하얀 풀꽃 흐드러져 눈물겹다
거친 콘크리트 벽 틈으로
흑백으로 투영되고 사라지는
젊은 시인의 생
노란 햇살 비집고 달려온
바람 한 줄기
별을 헤듯 길고 긴 심연 깨운다

---

* 윤동주 문학관을 다녀와서

04

섬

모진 멍에 등에 지고
주름진 등대들이 모여 사는
미역귀 닮은 작은 섬
뭍 향해
애절한 불빛 밝히며

가슴속에 외로운 섬 하나 지었다

허리에 꽁꽁 동여맨 마대 자루 입가에
새벽부터 건져 올린 물미역이
짙은 노을빛으로 그득 채워지고
자궁 떠난 모성은
바람 든 무같이 숭숭해진 허릿심으로
비릿한 바다를 질질 끌어다
모판 위에 널어 말린다
한 세월 더듬던 억센 사투리로
토해내던 노랫가락이

눅눅한 소금기에 섞여
너덜너덜 녹슬고 헤진 육신처럼
축축하게 젖어드는 어스름
라배島
그 작은 섬에는
등대 불빛 같이 시린 바다가
골목마다 까맣게 익어간다

05

뒷담화

미끼에 걸려 발버둥 치던
도다리 한 마리
검은 곰팡이 듬성듬성 박혀 있는
얼룩진 도마 위에 엎드렸다
한바탕의 분탕질
혼신을 다한 결백으로 거품 뿜지만
아가미로 흐르는 숨 가쁜 진실은
소리가 없다
화려하게 차려진 밥상
찰지게 발라먹은 입 꼬리들은
망나니 칼끝처럼 제멋대로다
걸쭉한 입담의 제물이 되어버린
순한 어린 양

찌꺼기 더미에서 역류된
썩은 입 냄새가 양심을 찌른다

여울져 휘돌아진 아픔의 잔영

도시의 발자국

가슴에 흐르는 꽃물 되어

아라 홍련

대나무 숲

가을 나그네

홍승애

경기 수원 출생.

『문파문학』 시 부문 신인상 당선 등단.

한국문인협회 회원, 호수문학회 회원, 문파문인협회 회원.

저서 : 공저 『바람이 만지작거리는 나뭇잎』 외 다수

01

도시의 발자국

지하철이
만조와 간조의 바닷물이 되고 있다.
침묵 속에 울리는
지하통로 구두 발자국 울림소리
군사들의 행진 구보로 전쟁이 시작되고
밀물과 썰물의 신호등 없는 엇박자의 인파들
삶의 페달을 밟는 라이프 사이클로 분주하다.
인생, 되돌이표 없는 외길에서
발자국 문서에 지문을 남기고
각질을 털어내는 흔적으로,
어제와 오늘의 평행선에
높은음자리표를 그리고 환상적 음계를 꿈꾸는
진부함에서 벗어나 감각에 촉을 밝힌다.
구도자의 발자국에 철학을 남기고
총총걸음 안에 애달픈 눈물이 스며있다.

개미 행군의 발걸음들이 큰 울림으로
지구를 흔든다.

02

가슴에 흐르는 꽃물 되어

당신의 가슴
붉은 꽃물에 멍이 들어
꽃잎 비린내가 나면,
아릿하고 애달픈 격정의
아득한 그리움의 시간으로
발자취 지문을 남긴다.
하얀 수국 소담스럽게 피어나던 어느 봄날
목울대 울리던 고음의 울림이 풍선을 타고
당신의 가슴엔 활짝 핀 꽃향기가 났지요.
웃음이 빛을 잃고 폭염 열기가 식을 줄 모르던
팔월이 익어가는 하얀 병동
벽을 향해 두 손 부여잡던 하얗게 벼린 머릿속엔
쾌속정처럼 빠른 시간을 정리하며
카발레리아 루스티카나 음률 흐름에
은빛 비늘 반짝이는 강물이 흐르고
그 강을 건너며 묻지도 않던 길
빛살 무지개 새벽차를 오르시어
아련하고 아련한 눈물 빛에
여울져 휘돌아진 아픔의 잔영,
아픔이 마를 새 없는 하얀 침대 위
육신을 파고드는 붉은 가시
삭제되고 싶은 얼룩진 날도

지우개로 지운 길,
새보다 자유로운 영혼으로
신세계를 향하여
마음껏 힘찬 나래 펴소서

03

아라 홍련

700년 세월 가야 후예로 숨죽이던 생명의 눈
함안 연꽃 박물관 시배지를 태반으로
발아되어 정성 어린 연구진의 씨담그기로
싹을 틔운 삼둥이
우아한 날개를 펴다.

꽃잎 끝에 살포시 연분홍 자태
새아씨 곱고 여린 순정
님의 품에 안길 듯 사랑스러움,
오랜 기다림의 마음 명주실 뽑아내듯
절제된 미성의 아련한 화음으로
터질 듯 부픈 꽃망울 대궁 끝에 물고 시위한다.
기나긴 세월 꽃씨 안에 숨어서
옛 여인 매운 시집살이로 인내한
한 서림,

옹이진 가슴 아프다.
숙명적 하늘 문이 열리고
빛 고운 파스텔 칠 ,팔월 수놓는 터
이끼 낀 고목 굽이진 세월에
하늘하늘 날개 편 영혼들
아슴아슴 눈을 뜨고 있다.

04

대나무 숲

마디마디 속울음이 깊숙한
하늘을 치솟는 빽빽한 대숲에서
성장통 신음소리 들린다.
고요한 땅 밑
숨죽인 생명의 싹
줄기찬 속도로
강직한 속사랑을 싸안은 대나무,
동양화 여백에 채운 듯 비운
가슴과 영혼의 교차로에
사그락거리는
은유의 발자국 소리

빗소리에 눈물 번지고 애끓는 맘

알큰한 가슴에 묻으며 마른 가지 흔드는
세상을 품어낸 꿋꿋한 가슴
내 어머니의 얼을 배워온
겹겹이 싸인 삶 속에 묻힌 길
세상을 품어가다.

05

가을 나그네

활짝 열린 가을 하늘
푸른 파장 속으로 빨려들어 간다.
허허로움은 계절의 미아가 되어
미로에선 아이 같다.
가을은 빈 항아리 속처럼 허전한
가슴과 영혼을 흔들고
숱한 시간의 갈피 속에서 새로운 흔적을 만든다.
계절이 흐르는 깊은 하늘빛에
물방울 통통 튀어 오르는 듯
감각을 스치는 손끝에 가을편지 한 장 길을 묻다.

풍요가 채울 수 없는 영혼의 끝자락에
짠한 슬픔의 빛깔
지난 발자국에 쉼표를 찍는

망각의 지휘봉을 든다.

하늘은 너무 넓어 안을 수 없어
붉은 노을 가슴에 담아 오는 길
떠나고 싶은 바람이
파도 소리를 내며 귓전에 부서진다.

미풍으로 남은 허물,
말없이 흔들리고 있다

오수

허물

이 가을에 낙엽은

엄니

달항아리

양숙영

『문파문학』 시 부문 등단.
한국문인협회 위원, 국제PEN클럽 한국본부 회원.
문파문인협회 운영이사, 고양문인협회 이사.
저서 : 『문파시선』, 『고양문인시선』 외 동인지 다수

01

오수午睡

산벚나무 꽃비 한창인데
깜빡 오수午睡가 찾아들다
등짐 진 땀방울에
젊은 그대가 업혀 있다
힘든 줄 모르고
끝도 보이지 않는 머언 길을
비익조比翼鳥 만큼
아름다운 나래 서로 보듬고
하늘 그림자
호수 위 꽃구름 그리며
가고 있다

02

허물

쥐똥나무 가지 끝에
숨소리 죽여 가며 등줄기 가른 매미
겹겹이 두터운 허물
벗어 던지기 힘겨워 사경을 헤매는 날
꿈처럼 창공을 날아오른다
찌륵 찌르륵 맴 맴

한참 만에 터져 나온 첫 울림
여린 날개 삶의 전부를 실어
숨 가쁘게 열창한다
육신 떠난 솜털만도 못한 허물
간당간당 바람이 지나간다
이제야 모든 것들의 기대를 내리고
기억을 외면해야 하는 상처를 안고
미풍으로 남은 허물
말없이 흔들리고 있다

03

이 가을에 낙엽은 - 어쩌란 말이냐

가을빛 몰아치는 발소리
낙엽의 굽은 등 떠밀고 있다
한눈팔 겨를도 없이
낯선 길 한쪽으로 내몰린 스산함
바람은 익숙하게 내달린다
떠나야 할 때를 알고는 있지만
간절히 바라던 동행도
첫차를 타야 하는 약속도
온몸 휘감아 버린 희뿌연 시야
혼자 머물던 가을볕 하루가

허망한 찰나
(어쩌란 말이냐)
하자는 대로할 수밖에

04

엄니

재 너머 자갈밭
허기진 손목에 어둠을 덮고
마른 옥수숫대 소리 품어 안은
내 엄니 광목 치마
황톳물 다 든다
엊그제 꽃봉오리 적 모란이
초경 빛으로 툭 벌그러 지던 날
치마폭 속에서 숨바꼭질하던
소녀는 온데간데없고
땅거미 짙어가는 밭고랑
내 엄니 쇠잔한 숨소리만 길게 누워
아스라이 멀어지는 황토 바람
호미자루 덩그러니 스쳐 지난다

05

달 항아리

숨소리조차 잦아들 듯

삼백예순날 면벽의 그림자

먹물 튀어 번진 마음 하얗게 지우고파

세월 묶어 허리춤에 걸고

돌아돌아 동안거 해제하는 날

명경처럼 씻은 마음 득도하신 고승으로

티 없이 빚어진 인연

그 모습 따라 길 묻는다

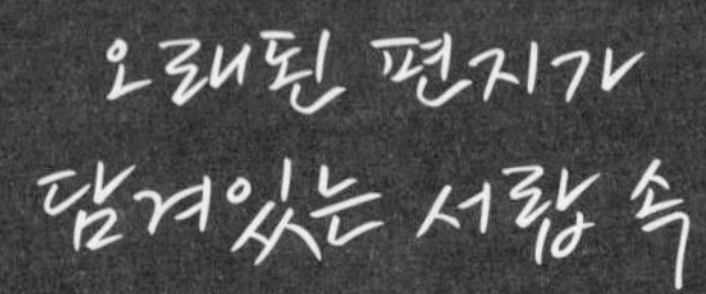

엄마의 달

이명

2월

저녁

박경옥

전북 군산 출생.
『문파문학』 수필 부문 신인상 당선 등단.
한국문인협회 회원, 문파문인협회 운영이사.
경기시인협회 회원, 동남문학회 회장 역임.
독서논술 교사.
수상 : 제9회 동남문학상
저서 : 공저 『하늘 닮은 눈빛 속을 걷다』 외 다수

01

엄마의 달

어머니의 등에 달이 떴네

첫새벽 어둠 뚫고 일어나 하루 종일
들녘에서 허리 한번 못 펴고 닳아버린 등
세월을 눈보라처럼 업고 걸어온 등

생의 한 바닥 거기 쌓이고 쌓여
동그랗고 외롭게 말아 올라가 이제는
아흔두 개의 뿌리가 허옇게 드러난 채
볼록하게 동산 위로 솟아올랐네

적막한 바람 소리 눈시울 적시는 저녁
나는 차마 그 달을 만질 수 없어
동산 아래 가만히 구부리고 누워보네

앙상한 숨소리 내 속으로 들어와 말을 건네는
달그림자

설웁게 지는
밤

02

이명

그래요 함께 살아요
어느 날 불청객으로 찾아온 손님
한때는 밀어내려 안간힘을 썼지만
쇠똥구리가 경단을 굴리듯
삶의 무게 함께 지면서 손잡고 살아요

양지바른 곳 담벼락에 내려앉은
햇살 한 움큼 같은
봄나물 풋풋한 향기 같은
오래된 편지가 담겨 있는 서랍 속
문득 다시 들여다보고 싶어지는
깊은 그리움 같은
그렇게 살아내면 못할 것도 없지요

이제는
소리가 소리를 이겨 내네요
풀숲에서 우는 여치 소리로
대숲에 사는 바람 소리로
친구처럼 웃으며 건너오고 있어요

바람 소리야
아니 기차 소리인지 몰라
고요의 늪에서 들리는 여치 소리네

03

2월

흰 눈이 반쯤 접힌 호수 위로
어제보다 더 가벼워진 바람이 지나간다

겨울 꽃 댕강나무 숲에는
어깨 깃털에 부리를 묻고 홀로 잠을 청하는
박새의 외로움이 살았다
바람이 불 적마다 호숫가 산그늘을 타고
차디찬 풍경 소리 귓가를 적시곤 했다

그 겨울이 불현듯 지나고 있다

이제 가지마다 숨겨 놓은 속눈이 트고
땅속 깊숙이 접어둔 침묵이
노란 후리지아 향기를 품고
홑겹으로 부는 바람을 타고 깨어나겠다
박새의 날갯짓이 바람보다 더 가벼워지고
풍경소리 산자락에 꽃처럼 피겠다

04

저녁

초겨울 비가 소리 없이 내리는 저녁
퇴근하는 남편의 손에 검은 봉지가 들려 있다
팍팍한 고단함이 뿌옇게 묻어 있는 막걸리 한 병
말하지 않아도 와락 안겨오는 서늘한 고독
묵은지를 송송 썰어 김치전을 부치는 사이
빗방울 같은 연민이 축축하게 스며온다
"당신도 한 잔 하지."
웃으며 술잔을 권하는 그의 얼굴이 불그레하다
그의 하루도 저렇게 젖은 노을 같았을까
물기 없이 저물어가는 희끗한 머리카락 사이가
오늘따라 휑하니 비어 있다
위태로운 하루를 막걸리 한 잔에 마셔버리는
저녁이 지고 있다
꽃잎 지듯 또 하루가 간다

언제나 망설이며 잡는 화해의 손

탁현미

서울 출생.

『문파문학』 시 부문 신인상 당선 등단.

한국문인협회 위원, 시계문학회 회장 역임, 문파문학회 회장.

공저 : 『너의 모양 그대로 꽃 피어라』 외 다수

01

미아迷兒들

대형 텔레비전이 목청을 높이고
수십 개의 의자
앉거나 서성이는 머리들 사이로
밀레의 이삭줍기가 걸려 있는
휑하니 넓기만 한 대합실

창가에 앉아 끊임없이
매듭을 푸는 할머니
이곳저곳을 돌아다니며
짐을 쌓다 풀기를 되풀이하는 아낙
두 팔 벌리고 웅변하는 할아버지
혼잣말로 웃기도 하고 울기도 하는
허리 굽은 할머니
불안한 시선들이 허공을 헤맨다

초조하게 종착역으로 떠나는
막차를 기다리는
치매 병동의 미아들

02 언제부턴가, 문門이

언제나 묵묵히
그곳을 지키던 문
언제부턴가
거대해진 배를 흔들며
낄낄거리고 투덜대면서
빈정거리며 내미는 검은 손
살랑살랑 화해의 손짓으로
때론 거친 거부의 손짓
언제나 망설이며
잡는 화해의 손

03 무제無題

매미가 운다 비바람 속에서
성난 바람이 하늘을 덮듯
큰 팔 벌리고 달려올 때면
언제나 그러했듯이
힘없이 이리저리 쓰러지는 잡풀들
불끈 쥔 두 손 휘두르며 울부짖는
아름드리나무의 처참히 꺾여 늘어진 팔
장대비가 줄기차게 퍼붓는

얼룩덜룩한 보도블록 위
아늑한 보금자리 박차고
가출한 토룡土龍
어떤 내일을 꿈꾸는가
거센 비, 바람에도
커다란 집 등에 짊어지고
그 옛날 긴 도포에 갓 쓴 양반네처럼
넓고 넓은 대로를
유유히 기어가는 와우蝸牛

매미가 운다. 비를 맞으며

04

가을, 바람 속을 걷다

서늘한 바람 한줄기
무리 지어 수다 떠는 낙엽
흩뜨려 놓고 휘파람 불며 간다

앙상한 자작나무 숲
검은 베레모 눌러 쓰고
지팡이에 의지하며 우두커니 서 있는
등 굽은 할아버지

여기저기 검버섯 생겨나고
한 그루 자작나무 되어 간다

텅 빈 공원 한구석
벚나무 밑 작은 벤치
오도카니 하늘 올려다보던 할머니
바람에 빙글빙글 돌며
떨어지는 낙엽 쫓아다닌다
주름진 얼굴에 분홍 벚꽃
활짝 피어난다

고즈넉한 야산 한 귀퉁이
너울너울 춤추는 강아지풀 무리 속
검붉게 피어 있는 장미 한 송이
그 위를 서성이며 떠나지 못하는
노랑나비 한 마리가 애처롭다

지친 한 줄기 바람
석양의 품으로 달려간다

05

병원, 긴 연결 통로를 걷다

앞으로 앞으로 앞으로
등허리들이 걸어간다
중얼중얼 혼잣말하며 간다
화난 듯 불끈 쥔 주먹 흔들며 들썩이는 등
작은 휠체어 밀며 가는
젊의 여인의 축 처진 어깨
온몸으로 시소 놀음하듯
절뚝이며 열심히 달리는 왜소한 몸
두 손 꼭 잡고 서로 다독이며 걷는 노부부
한 손 허리 짚고 깊은숨 내쉬는 임산부
뒷짐 지고 걷는 스님의 손에 매달린 염주 알
'나무아미타불, 고해로다'하며 흔들리는가

수많은 사연들을 중얼거리는 등허리들
긴 병원 연결 통로는
언제나 애달프고 소란스럽다

그리움만큼 높아진 쪽빛 하늘엔

스카프

가을 냄새

여름 산행

수선화

봄길

허정예

강원도 홍천 출생.
『문파문학』 시 부문 신인상 당선 등단.
문파문학회 회원, 동남문학회 회원.
저서: 시집 『詩의 온도』, 공저 『껍질』 외 다수

01

스카프

연두 바탕에 땡땡이 무늬가
예쁘게 반짝이던 머플러
함박눈 내리던 날
차가운 바람 이고 갈
어린 시누 등굣길에
시집올 때 가지고 온 머플러
아낌없이 내주던 올케언니
가난한 시대에 어린 동심이
꿈과 희망으로
깃발처럼 펄럭이던 스카프
오십 년이 지난 지금
백화점에 진열된 고운 스카프
초로의 가슴 출렁이며
그리움 하나 끌려온다.
주름진 올케 얼굴 그리며
땡땡이 연둣빛 스카프 고른다

02

가을 냄새

바람이
가을 냄새 몰고 온다

불덩이 같던 더위는
한두 차례
휘젓고 지나간 빗줄기에
가을 향기 빚어내고
그리움만큼 높아진 쪽빛 하늘엔
조각구름 멀기만 하다

잎새에 머문 소슬바람에
풀들은 마른 옷 지어놓고
열매 익어가는 빛깔의 무늬로
가을이 익어간다

들꽃이 손잡던 길을 따라
홍시 같은 가을 향기가
구름을 갈라
분수처럼 쏟아진다

가벼워지는 마음
살맛나게 바람 불어
사방에서 가을 냄새 풀풀 난다

03

여름 산행

녹음이
익어가는 산마루
태양을 가린 긴 숲 속엔
바람마저 푸르다
지천에 핀 풀 향기에 취해
고운 꿈 알알이 가슴에 걸어
바람 머문 평상에 누우니
나뭇잎이 춤추며 품 안에 스며온다
오가는 발걸음 푸른 힘 돋보이고
산 능선을 오르내리는
힐링의 숨소리
건반 위의 멜로디 같다
호수에 걸린 노을 짙어질 때
파란 마음 가슴에 채워
산허리 질러 내려오면
어둠에 흩어지는 웃음들
초록 바람 안고 멀어져간다

04

수선화

겨울을 밀어내고
구름 내려앉은 물가에
외로움 견뎌내며 서 있는
당신을 보았습니다.
동토에 묻혀 가슴 저리도록
인내하던 맨발
부화관 머리에 인 고결한 자태
잎 피지 못한 나뭇가지에
외로이 앉은 한 마리 새
당신을 바라만 보고 있어요
물그림자에 새겨진 눈동자
차마 떨치지 못하고
젖은 가슴 건져 올린 사랑의 흔적
땅끝에서 불어오는 훈풍에
雪花 끝자락에
피어나는 나르시스

05

봄길

봄비
가고 난 태양 해맑다
겨우내 움츠렸던
창문 활짝 열어젖히면
봄바람이 유혹한다.

주춤거리던 햇살은
꽃가지 흔들어
봄소식 말갛게 피워내고
동면한 생명들 땅 갈라
얼굴 내민 파란 웃음

아지랑이 피어오르는 산
진달래 몽우리마다
산불 낼 기세다
골짜기 나비 한 마리
봄볕에
헤매는 날갯짓

나비처럼 오실 님, 고운 오실님

자운

장정자

대구 출생. 『문파문학』 시 부문 신인상 당선 등단.
창시문학회 회원, 한국문인협회 회원, 국제PEN클럽 회원,
문파문학회 운영이사.
수상 : 제7회 창시문학상
저서 : 시집 『해에게 물어보았다』, 공저 『성큼 다가서는 바람의 붓끝은』
『문파대표시선집』, 『성남문학작품선집』 외 다수

01

정의正義

어둠 깔린 벌판
질척이는 긴 밤
안개 속 고인 빛
새하얀 님

기다리다 찾아 헤매다
가시덤불에 찢긴 검붉은 패임
저리도록 아리도록
맺은 꽃망울

님의 고운 입김으로
다문 봉오리 피려하나니
피려다 저버린 애처로움마저
아리따운 봄꽃으로 피우리다

저물녘 길 재촉하는 엄마
기다리는 아이처럼
새끼손가락 깍지 끼고 입이 부르트도록
메마른 풀잎피리 불고 있으리다

곧디 고운 님이여!

02

한마음

물 깊고 하늘 높아
대지에는 싱그러운 생명
숨 쉬는 소리
흐르는 소리
부르는 소리
살아, 함께 노래하는 우리

어찌하여
독가시 모래바람에 잃어버린 눈
척박한 삶에 잊어버린 본향
멍든 가슴 찢어진 천륜
굳은살 되어
오래, 낯선 모습 너와 나

밤과 낮이 하루인 걸
하루라는 것을…

03

노인 1

기나긴 여로에
마지막 차표 한 장
목적지는 꿈길
도착 시간 미정

긴 겨울밤 지친 호롱불
남은 심지 태우는 불꽃
회억 살라 그 빛
어디로 가나

어디서 울리는 절박한 떨림
구르던 두 발
송곳처럼 굳었고
기차는 떠나려 한다

갈 길은 구만리
꿈길은 오리무중
어디로 가야 하나

찢기 가신 빈손
쥐여준 등불 하나
주름진 손
온기가 돈다

걸어서 걸어서 안갯속으로
세모인지 네모인지 미지의 꿈길
동그라미 그리며
멀어져 간다

04

노인 2

먼 산
봄물에 귀 담그고
가을볕에 등 굽은
하얀 징검다리

뉘엿뉘엿 딛는 발자욱
가시는 해거름
콩닥콩닥 뛰는 심장
오시는 물꽃

노을빛에
젖은 꽃마름 되어
점, 점 이어주는
별 헤는 징검다리

05

봄맞이

님 오신다는 기별 있거들랑
겨울 벗은 빛살같이 달려가겠소
장독대 채송화, 노랑 민들레
봄단장 하느라 분주한데
싸릿길 텃밭 아씨 깨워야겠소
양지바른 그네, 묵은 먼지 털어내고
봄 도령 앉을 자리 마련해야지
나비처럼 오실 님 오실 고운 님
버선발로 삽짝 활짝 열어야겠소

보내지도 못한
마른 꽃잎이 되어 날았다

나 그 네
파 피 리 불 며
인 연 따 라
가 을 마 음 2
고 요 가 찾 아 오 는 시 절

又敬堂
임정남

경북 영주 출생.
『문파문학』 시 부문 신인상 당선 등단.
한국문인협회 위원, 국제PEN클럽 한국본부 회원, 용인문인협회 회원,
문파문학회 상임운영이사, 시계문학회 회장 역임.
수상 : 제2회 시계문학상
저서 : 시집 『낮달』, 공저 『너의 모양 그대로 꽃 피어라』,
『가을 햇살 폭포처럼 쏟아지는데』 외 다수

01

나그네

세월을 통째로 잃어버린 것 같은 지금!

옛 철길 위로 이른 아침 등굣길은 아직도 선한데
푸른 가지는 하늘에 닿았고
하늘을 나는 새 어찌 부러움이 있었던가
추억은 달빛같이 아스라이 떠오른다

참꽃 만발한 분홍 꽃 치마 같은 고갯길 넘어
개나리 노랑 저고리 같은 들길을 지나
새색시 꿈꾸며 지나던 꽃길도 여전한지?
꽃망울 같은 그리움은 봄 길 같다

언제나
행복 같은 함박꽃은 달빛 별빛 같은데
오랜 시간 오고 간 정
보내지도 못한 마른 꽃잎 되어 날았다

산 깊은 계곡 물
날 부르던 풀피리 소리
알록달록 복사꽃 피든 맘
누구에게 들킨까 눈동자 맘속에 얼른
교교한 달빛처럼 냉정을 뿌리고

잠시 접은 그때 그 시절 그리운 시절
죽은 듯 맑게 갠 밤 꿈같은 웃음 혼자 지운다

서녘에 기운 해는 그리 먼 것 같지 않은데
어찌 잠시 쉬다가 가는 나그네인가?

02

파피리 불며

파 다듬다 말고
아이의 마음으로 봄이 돌아온다

땅이 들뜨고
마음도 들뜨는 계절
파피리 불며 창문을 내다본다

벌, 나비 경쟁하듯
사람들은 꽃을 찾아 나선다
전국이 꽃 몸살을 앓는 지금

잠깐 물러나
따스한 차 한 잔을 앞에 두고
봄을 담아 마시며 뉴스를 듣는다

차 향기 속에서
들이키고
내둘리고
퉁겨져 오르고
부러지고
세월을 교대하며
위장과 가면 뒤에 숨은 민낯이 폭로되고
사물과 존재들이 쏟아져 떨어진다
마치! 봄 꽃잎처럼

03

인연 따라

봄소식 깊어지고
나뭇가지 끝마다 움 틔우고
청매화 소식 온 지 한참 되었으니
백매화도 하얗게 분홍꽃비 내린다
아침저녁 흘러가는 모습이 달라지고
봄 풍경 제각각이다

햇살은 환하게 웃으며
나무와 풀들을 보듬어 주고
양과 음이 차고 줄기를 되풀이하면서

떨어지는 꽃의 마음을 알아가고 있다

꽃들은 상처를 드러내지 않은 채
눈이 부신 세상을 바라보면서
자연 앞에서 바람을 잘못 읽어
꽃이 움츠려 피지 못하기도 하고
미래에 대한 환상에 젖기도 한다

한 송이 아름다운 꽃을 선사하기 위해
공부가 익어가는 도심 속에서
선물처럼 찾아온 그대가
다소의 소화 불량에 시달리면서
진실 속에 오만상이 드러나도
웃음 지으며 오늘도 詩를 쓰고 있다

허공으로 흩어지는 꽃향기에
내 마음에 봄을 나누어 보내며
적당히 비틀거리며 망각으로 흘러간다

04

가을 마음 2

아침이 창문을 열고 찾아와
어디 멀리 떠나가고 싶다고
안달을 한다

단풍 든 이 계절
오색이 짙어지니
온 강산이 울긋불긋
저절로 思索이 깊어져
가슴이 병을 찾아 앓는다
해마다 앓는 병인데도
갈수록 중증이라 명명한다

가을 낱말이 떨어지자
침묵은 시작되고
갈대 바람은 불고
그 바람 따라 마음의 강을 건너

생의 보따리를 풀어
허전한 당신의 마음으로 헤집고 들어가
못다 한 회한을 이야기하였으면-

그럼에도

가을바람에 잘 익어가는 계절이 있어
웃고 있지만
낙엽 같은 마음은 감출 수 없다

05

고요가 찾아오는 시절

돋보기안경이 눈을 가린다
까만 깨알들이 술렁거린다
하얀 하늘엔 이야기가 사라진다
닫힌 창문가로 귀가 염탐을 시작한다
바람이 차를 몰고 전봇대가 소리친다
고요라는 속삭임이 전보다 자주 마주친다
검은 나무에 자 벌레가 성큼성큼 찾아준다
틈만 나면 방문을 열고 자주 그림자처럼 찾아다니고 있다
고요는 서늘하게 얼굴을 만지면서
소음과 잡음도 한때이니
고요 속에 감 꽃 떨어지는 소리를 기다리라고.

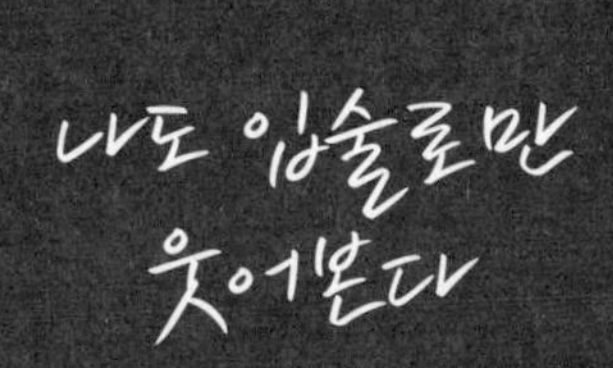

농부와 들쥐

망각

하리 농장에서

한여름 사우나

김경아

전남 진도 출생.
『문파문학』 시 부문 신인상 당선 등단.
한국문인협회 회원, 문파문인협회 회원, 호수문학회 회원.
현) 예천문화연구회 사무국장
저서 : 공저 『바람이 만지작거리는 나뭇잎』 외 다수

01

농부와 들쥐

잡초들은
농부가 원하지 않은 곳에서
흙을 뚫고 보란 듯이 나온다.
원래 그 자리에 있어야 해서
나오는 것뿐인데
농부의 눈에는 가시다.

땡볕을 견디며 잡초들을 제거하고
한숨 돌릴 만하면
이번엔 진딧물과 벌레들도
살아가기 위해
농작물들에 구멍을 뚫으며
이파리들의 모양새를 방해한다.

농부는 이번엔 진딧물들을 제거할 생각에
주름이 늘고 한숨이 늘어간다.

그래도 소리 없이 커가는
농작물을 자식처럼 생각하며
하루도 쉬지 않고 들로 향한다.
아이들이 학교에 가기 싫어도 가야 하듯이

가을이 되어 수확을 하지만
헐값에 파는 것이 아까워
값이 오르기만을 기다리다
저장고도 없는 농부는
창고에 농작물을 보관하고
그새를 틈타 들쥐들은 창고로 향한다.

농부의 노고를 모르는 들쥐들은
자기 배 채우기에 급급하고
콩 껍질에 들통이 난 들쥐들은
여기저기 도망만 다니다
결국 농부의 손에 죽음을 맞는다.
우리의 삶 또한 그러하듯이

02

망각

언제부터인지 모르지만
내비게이션이 시키는 대로
운전을 했다.

좌회전하라면 좌회전
우회전하라면 우회전

그것이 내 삶이었다

자신 없는 삶
내팽개칠 수 없던 식구들이 뭔지
정신없이 살아온 세월

사고 후
병실 안의 창에 기대어
창문 안의 누군가를 보게 되었다.

03

하리 농장에서

한 산의
그늘로 산다는 일
행운인지
불행인지
알 수 없는 일

울적한 날
이곳에 앉아 있노라면
우 아 하하, 우 아 하하
우 아 하하 웃어 보라고

새가 와서 지저귄다

그럼 나도
입술로만 웃어본다
그해 가을 새들에게
해바라기 씨 선물로 내주었다

내년에도
찾아오려나

04

한여름 사우나

온종일 햇볕과 씨름하다
땀범벅이 된 사내의 메리야스
엘리베이터를 탔을 때
어느 꼬마는
코를 쥐고 있었다

집으로 돌아온 사내
샤워기를 틀고 울고
땀내 나는 메리야스는
세탁기 안에서 윙윙거리며

울고 있다

이토록 서러운 이유는 뭘까?
부모로 산다는 일
사내는 비누로
모든 시름을 거품질 해
눈물과 하수구로 보내고
화장실에서 나온다

아내가 내어온 자연 밥상
사내의 땀내는 지독해도
사내의 얼굴은
더더욱
환해져 간다

새벽이슬에 스러지는 모닥불

김좌영

충북 청주 출생.
『문파문학』 시 부문 신인상 당선 등단.
한국문인협회 위원, 문인협회 용인지부회원,
시계문학회 회원, 문파문학회 운영이사.
수상 : 제2회 시계문학상
저서 : 시집『그땐 몰랐네』

01

인연

인생길 간이역
스쳐 간 바람
마음 끈 놓지 못하고
평생 가슴 저미는

힘들 때나 기쁠 때
늘 떠오르는 얼굴
지금 어디에
이 간절한 그리움

하늘에는 비익조
땅엔 연리지 만남
노을빛은 말이 없다

02

참꽃

초록빛 바람이 부는
독수리 바위산
이끼 핀 절벽

깊게 새긴 이름
아픈 상처

노을 목탁소리
외로운 영혼 어르니
지나는 산객 허허로워

참꽃 한 송이
보시하고 돌아서네

03

블루문(Blue moon)*

바람도 헐떡이는 열대야
부서져 쏟아지는 은가루 달빛
찌든 마음 촉촉이 적신다

못다 그린 그림 하나
둥근 미소 찰랑이는 눈동자
그렸다 지웠다 일천구십오일 날
기다리다 지친 갈증의 세월

새벽이슬에 스러지는 모닥불
짧은 만남 긴 이별

어쩜 다시는 못 볼 것 같아
여백의 그림, 달 속에 담고
깊고 푸른 밤을 컹컹 짖어댄다

비바람이 몰아쳐도
무딘 쟁기로 자갈밭 일구고
씨앗을 뿌리는 한결같은 농심
그곳에서 참사랑을 읽는다

---

* 블루문(Blue moon) : 3년에 한 번 뜨는 보름달. 한 달에 보름달이 두 번 뜨는 현상에서 두 번째로 뜬 달을 일컫는 말이다.

04

가을 편지

노랑 지평선 아득한 끝자락
잔잔한 남빛 능선이 어리고
파란 하늘 하얀 조각구름
미동하는 수채화 숨이 찬다

햇살 반짝이는 강촌 길
세월 싣고 달리는 시골버스
삶의 여백을 덧칠하는 차창

코스모스 꽃잎이 얼룩진다

영원히 보존하고 싶은
갈빛 출렁이던 사유의 공간
곱게 담은 그림엽서를 띄운다
종점 우체국에서

05

호리병에 핀 봄

온종일 눈인가 비가 오고
안개인 듯 모래바람이 부는
스산한 봄날 오후
계절의 갈피 속 회색 그리움
어릴 적 고향으로 달려간다

수타리봉 산자락 우렁이 논
산들바람에 찰랑거리고
잔설이 녹아 재잘대는 실개천
듬성듬성 버들강아지
은빛 꼬리 흔들며 방실거린다

보송보송 꽃송이 뽀얀 가지

한 움큼 꺾어다 호리병에 꽂고
봄이 피었다고 좋아하던
물 맑고 바람이 상큼한

버들피리 고향의 봄 그리워
불러보는 노래 '봄날은 간다'

그날이 오면,
그날이 오면은

그 날 이 오 면

그 리 운 사 슴

정경혜

서울 출생.
『문파문학』 시 부문 신인상 당선 등단.
문파문인협회 회원, 호수문학회 회장 역임.
수상 : 2013호수문학상
저서 : 시집 『멀리 날아보지 않은 새』

01

그날이 오면*

나는 광복이라는 말이 싫다
더욱이 몇 주년- 몇 주년-
올해는 70주년이라는 그 햇수를 세는 건 더 싫다
당연한 내 것을 찾았는데
그것을 찾았다고 70년 동안이나 기념을 한단 말인가
그날이 오기 전에는,
그날이 오면 그날이 오면은
삼각산이 일어나 더덩실 춤이라도 춘다고 하셨다
이제
그날이 온 지도 반백을 지나 노년의 희끗한 날이다
내 것을 사랑하기도 바쁜 날이다

그날은 왔다.

---

* 그날이 오면 : 심훈이 죽고 1949년 간행된 시와 수필집

02

그리운 사슴

나는 매일 사슴을 만난다
설레이는 마음으로 매일 사슴을 본다
80년을 살아온 사슴을

사랑하는 그리움으로 마주한다
그가 살았던 여우가 나왔다는 동네 이야기며
불경처럼 서러운 어느 여인의 이야기며
들으면서 눈물 흘리기도 하고
들으면서 잠이 들기도 한다
매일 아침,
낡은 적삼으로 반듯하게 누워있는
나의 스승
사슴을 만난다

김미라

『신춘문예』 시 부문 신인상 당선 등단.
명동문학 회원, 창시문학 회원, 문파문학 회원.
분당 윈드 오케스트라 단원, 이야시스 중창단 단원.
한국 시낭송예술협회 회원, 그리스도편지 선교 회원.
저서 : 공저 『성큼 다가서는 바람의 붓끝은』 외 다수

01

새장

이른 새벽
새소리에 잠이 깼다.

빈 베개가
밤새 내린 비로 눅눅하다.

멀리서 바람이
스쳐 지나가는 소리가 들린다.
순간
무엇인가 빠지고 달아났다.
혀 속에 갇힌 노래가

닫힌 창틈 사이로
새나간다.

02

플룻

기다란 원통을 타고 바람이 지나간 자리에 온기가 흐른다.

횽곽이 올라가고 횡경막이 내려가자 열린 틈 사이로 선율이 밀려들어 온다.
코르셋으로 조여진 듯 탱탱해진 배꼽이 척추를 향해 서두르지 않고 다가가는 동안
괄약근은 긴장을 늦추지 않는다.
치골을 끌어당긴 내복사근은 단단하고 부드럽고 섬세하다.

이제
가벼워진 바람은
날아갈 준비가 다 되었다.

난청의 귀를 가진 자는 들을 수 없는
찰나의 숨표,

날숨으로 비워낸 자리
수많은 음표들의 여운을 남기고
떠난 바람이 지나간 자리

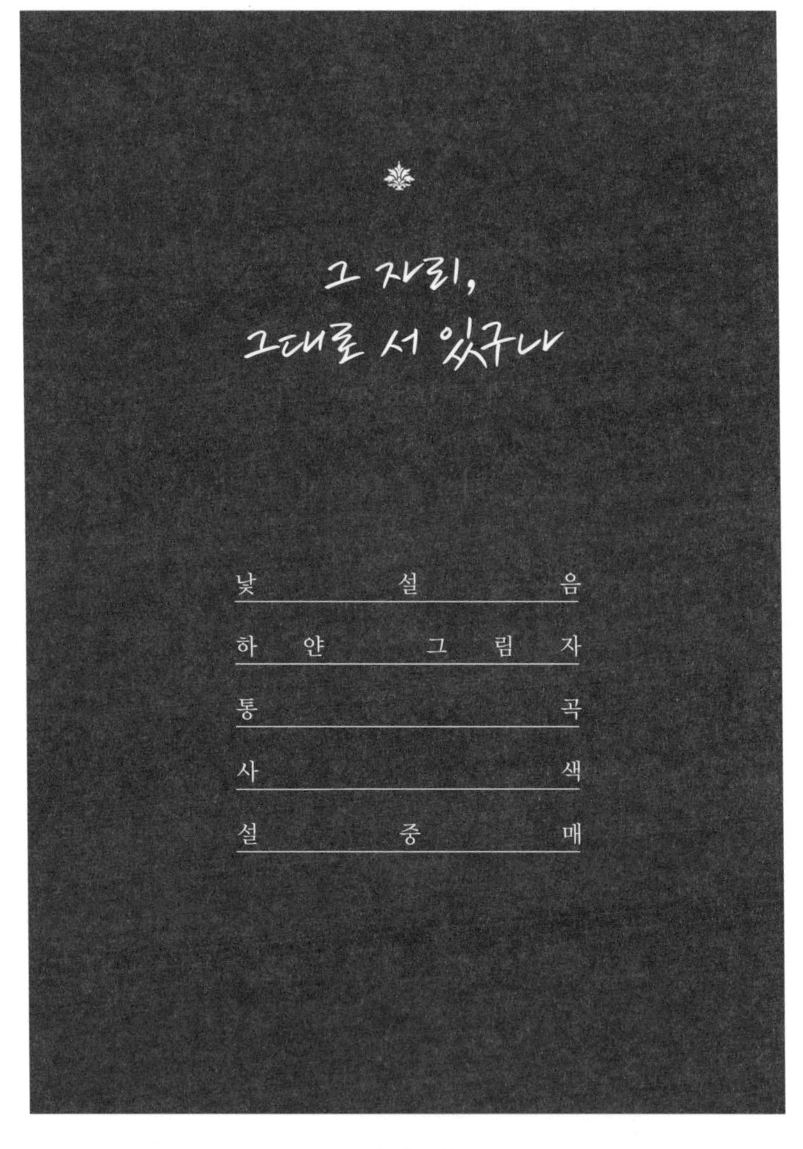

김옥남

경북 안동 출생.
『문파문학』 시 부문 신인상 당선 등단.
한국문인협회 저작권옹호 위원, 한국문인협회 용인지부 회원,
문파문학회 감사, 시계문학회 회원.
수상 : 2013년 용인문인협회 공로상

01

낯설음

빛바랜 부스스한 꽃잎 하나
낯설다
벌, 나비 유혹하던 화려한 꽃잎
순간,
기억 속에서 유영流泳을 한다
어디로 간 걸까
달리는 시간은 고장 난 브레이크
마주하고 있는 꽃잎
배시시 웃는다
아직은-
아직은 괜찮다고 위로하는데
여전히 적응불가適應不可,
낯설다-

02

하얀 그림자

비가 온다
빗방울 방울방울 그리움
창밖으로 손을 내밀면
그대의 숨결인가

손등을 간지럽힌다

움켜잡으려는 몸짓
헛손질하며
그리움을 쫓는다

잊혀진 줄 알았는데
잊은 줄 알았는데
칡넝쿨의 생명처럼 끈질긴 그림자
다시 일어서서
그 자리, 그대로 서 있구나

03

통곡

담장 너머 장미꽃 넝쿨
꺾인 허리엔 조롱박 하나
굽은 허리춤에서 내려놓지 못한
피눈물주머니, 아물지 않는 상처
잊을 수 없고 잊혀질 수 없는
생손앓이의 아픈 기억은
살랑거리는 바람에도 통증이다

샛강 지나 흘러 흘러-
모난 돌,
삶이 끝나는 그 날까지 안고 살아가야 하는지-
아픔이
고통이
꽃비로 환생하는 날은 언제쯤인지-
시간은 녹록지 않는데-

04

사색

아득한 침묵
폐부를 휘젓는 달빛

밖으로 나오려는 말
목울대 안으로 밀어 넣고 가슴앓이한다

절절한 눈빛
무릎 꿇고 두 손 모았다

말 잔등에 찍힌 화인처럼
지울 수 없는 그리움-

깊은 밤, 사색은
성근 달빛 따라 긴 여행을 한다

05

설중매

지난밤 내린 폭설
목화솜 같은 이불 만들어
온 대지를 덮고 있다

매화꽃나무
선홍색 핏빛
망울망울
언 입술에 머금은
애끓는 사랑
가슴에 파고드는
그리움-

주춤거리는 연둣빛
흔들리는 매화꽃 나뭇가지마다
활짝 피우기 위한 꽃망울의 몸부림
살포시 내민 붉디붉은 입술
얼음꽃 눈물 영글어간다

언제 저 강을 건너볼까
그 길고 긴 질문

어릿광대
잠과 꿈
기연
숨은 상징의 하루
초병을 생각하며

박진호

방송대 국문과 졸업, 동국대 문화예술대학원 문예창작과 수료.
『문파문학』 시 부문 신인상 당선 등단.
문파문학회 운영이사, 시계문학회 회원, 한국문인협회 회원.
저서 : 공저 『바람이 창을 두드릴 때』 외 다수

01

어릿광대

비틀거리며 어우러지는
어색하고 서투른 모습이
아릿한 웃음을 주는
빈 마음에 대한 위로일까

고집 센 우리가 묻는
사랑의 강요는
긴장 불안 흥분을 만들고
고독이 온다

사랑과 우정 안의 빈
고독은
귀 기울이고 비우고 여는
휴식 속 관계

실수의 웃음
그러니 우리다
긴장 아닌 웃음
허약함을 가진

02

잠과 꿈

트랜스 상태*의 바라보기
비둘기를 홍옥사과로 만드는 마술
깨달음의 몸부림에
깨어진 파편의 기억

짙은 안개가 끼어있는 호숫가
호숫물이 바다로 나올 때
호수와 바다를 느낄까 하는
아련함을 위하여

* 트랜스 상태 : 현재의 의식이 약해지고 잠재의식이 강해진 상태

03

기연奇緣

꽃술에 나비 찾듯
해안가 바위의 아늑함은
용궁에서 올라온 연꽃일까

올해도 8월의 매미 소리 따라
떠나는 피서
새로운 인연 위해

미지의 세계
마도로스의 바람처럼
여름의 신기루 찾는다

04

숨은 상징의 하루

하루의 햇살엔 메시지가 있다
오늘 숨바꼭질 힌트가 적혀있다

하루 의미가 주는 상징
기쁨 슬픔 평정심으로 읽어가며
사랑, 일
치열한 영혼의 방랑이다

정의할 수 없는 바람의 상흔
흔들리는 마음
스스로 쓰는 자전적 소설
석양의 노을이다

느리지만 노력한 땀은 보물임을
햇살의 동선만 보고 있어도 느낄 수 있는 것

05

초병을 생각하며

눈물이 흘러가는 강가에 서서
먼 동화의 나라를 생각한다
소복이 쌓인 눈

아침에 핀 안개구름 속
꿈속의 피터팬이 된 나

언제 저 강을 건너볼까
그 길고 긴 질문

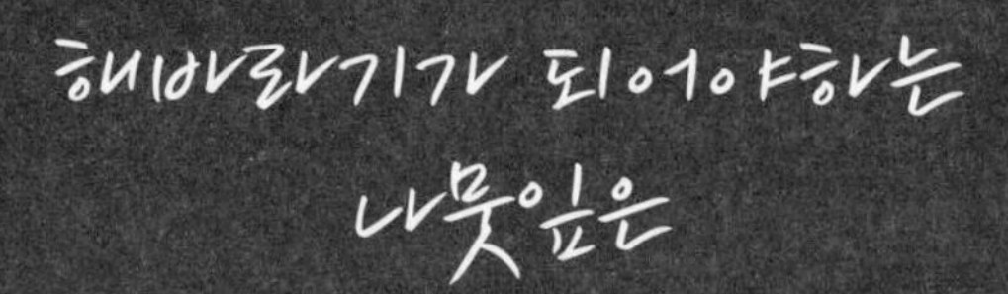

채재현

충남 서산 출생.
『문파문학』 시 부문 신인상 당선 등단.
한국문인협회 회원, 문파문인협회 회원, 호수문학회 회원.
저서 : 공저 『기쁜 날, 슬픈 날, 즐거운 날』 외 다수

01

가을 풍경

마당의 멍석 위로
가을이 걸어오고 있다

강제 이주당한 고추가
일광욕을 즐기고
대기 중인 녹두알이
집 밖으로 튀어나와
멍석 한자리 점령하고 있다
오래전부터
멍석을 흘끔거리던 참깻단이
눈치 없이 하품하다 쏟아놓은 분신들을
지나가던 새들의
만찬으로 만들고 있다
고추잠자리 몇 마리 춤을 추다가
일광욕 중인 고추등에 입 맞추고
오는 가을 마중하러 날갯짓이다

가을의 발자국

02

이슬비

마당 끝에 서 있는 등 굽은 나무
눈망울이
동구 밖을 더듬고 있다

한낮의 태양이 해맑을 때
가지들은 오월이었고
팔월 들판이었고 풍성하였다
나무 등에 달린 날개가
펄럭였다

어느 날부턴가
마당 전체는 자갈밭이라는 가지들
동구 밖의 신작로가 좁아지고
전화선이 점점 가늘어지고
어린 열매들의 재롱 소리가
귓바퀴 밖에서 소문처럼 웅얼거렸다

등 굽은 나무 발등에 낙엽 하나 툭 떨어져
이슬이 되고
어깨 작아진 마당 끝이
젖어들고 있다

이슬비

03

입동

염색으로 감추어진 희끗한 머리카락이
제 둥지를 찾아가는
넓은 잎새 푸르게 펄럭이는
어깨를 본다
그림자 보이지 않을 때까지
성근 낙엽 같은 마음
가슴속에 꾸겨 넣고
보름달 모습으로 손 흔드는
주름진 얼굴
가끔 갈색 잎 휘감더니
오늘
온몸에 눈발이 흩날리고 있다

눈가부터 추위가 오기 시작한다

04

가을비

새가 되지 못한
나뭇잎이
비가 되어 내립니다
해바라기가 되어야 하는 나뭇잎은

민들레 홀씨가 되고 싶어
창문 너머 바람의 등을 바라봅니다
지구는 같은 궤도로만 돌고
나뭇잎은 지구 등에 앉았다가
초승달이 하현달이 되어
누렇게 변한 모습으로
비가 되어 내리고 있습니다

젖은 시계추

05

들꽃의 세월

영문 모른 채 쓰게 된 족두리
종부의 가시방석이 되었다

맺혀진 햇살 사각사각 스치는
남스란 치맛자락 소리에
심장이 서늘하게 작아지고
대청마루 안의 목침만 보아도
사대부의 삼종지의 귓전을 때린다

안방과 사랑방 사이에

소망은 하나 둘 영글었으나
축문 읽을 가지 스러진 후
건넌방이 만들어졌다

꽃방석이 무엇인지 모른 채
가시방석 위에서

희로애락은 발 뒤에 감추고
점점 작아지는 점이 되다가
산마루로 이사 가신
들꽃 한 송이
가냘픈 낮달의 볼에
빗방울 떨어진다

가을 숲에 내리는 비는 고요하다

밀라츠카 강의 다리

부레의 꿈

미 접

11월에 내리는 비

팥 죽

이광순

서울 출생.
국민대 교육대학원 졸업.
『문파문학』 시 부문 신인상 당선 등단.
한국문인협회 서정시 위원, 문파문학회 운영이사, 시계문학회 회원.
저서 : 공저 『바람이 창을 두드릴 때』 외 다수

01

밀라츠카 강*의 다리

두 번 피의 역사가 시작된 다리
전범이 아니고 영웅이라는 그 믿음
검붉은 화인으로 남았다.

세 민족의 매력적인 공존이
신과 민족으로 음각되던 날
살아있는 너를 만나기 위해 건너던 다리는
죽음이 되었다.

쐐기처럼 눈에 박히던 늦봄의 파란 하늘
한 무리 관광객들이 휩쓸고 지나간 다리 위에 남은
순간의 먹먹함
검은 그림자 하나 뒤돌아본다.

기억하지 않는 사람들의 도시
만국기와 세계인의 함성이 뒤흔들었던 광장에

젊은 피로 하얗게 돋아난 비석들
다리는 'Don't forget, 93'이라 말하고
사람들은 다시 섞이어 흘러가고 싶다.

무수한 총탄에 뚫린 채 서 있는 노란 건물 옆으로

원색의 트램이 돌아가고 있다.

---

* 밀랴츠카(miijacka) 강 : 사라예보 시내를 흐르는 강. 이 강 위에 놓인 다리 위에서 세계 1차 대전과 세르비아 내전이 시작되었다.

02

부레의 꿈

너의 호흡으로 채워진 내 부레가 종종
중심을 잡지 못하고 흔들린다
너와의 높이조차 맞추지 못하고 허우적대는 동안
물속은 더 깊어졌다
화려한 도시가 삐걱대기 시작한 건 그때
도시가 비스듬히 쓰러졌을 때도
고래상어의 꿈을 꾸었다

내 생각 속 시간이 흐르고 도시가 물에 잠겼다
그 세월도 따라서 잠겼다

형태도 없는 물속에 검은 구름이 토해놓은
말들은 안개처럼
규명되지 않는 거대한 소문으로 떠돈다
수면은 아무렇지 않은 듯 잔잔해 지고
찢어진 어린 부레 주머니들이 물비늘을 만들며
들리지 않는 소리를 내지른다

내 기억 속 너 얼마나 머물 수 있을까

내 부레는 없어진 너를 대신해
진정한 빛의 바람으로 가득 채운다
머리를 내밀면 너를 다시 만날 수 있을까

03

미접迷蝶

어깨뼈 아래서 애벌레 한 마리 꿈틀댄다
무심히 내버려 두고 잊어버릴 즈음
아예 똬리 틀고 은신 중
나를 숨겨준 너

하루하루 흘러가는 시간과의 불화
문득 가슴속 소용돌이 속에
스며드는 통증
그 통증의 정체를 따라 내려가는 줄 끝에
매듭져 있는 그리움
분화를 시작한 애벌레 그 그리움 속으로
긴 대롱을 내린다.

저녁 바람에 자라나는 날개

한 마리 나비 잊어버린 기억 속 하늘이 출렁인다
어깨를 비집고 날아오르는 나비
그가 남긴 슬픈 흔적
흔적에 고여있던 눈물 왈칵 쏟아진다

04

11월에 내리는 비

가을 숲에 내리는 비는 고요하다

천둥과 번개를 치며 쏟아지던 지난 빗속에서
무성하게 자란 사랑
초록이 성장을 멈추고 붉어지기 시작하는 동안
마르기 시작한다

가슴을 열고 길을 내주던 그는
낙엽의 깊이만큼 멀어지고
이제 웃자라 질겨진 사랑 베어내야 할 11월

내 가슴에 남아있는 단풍잎 하나
빗물에 젖어 떨어지지 못한다

점점 단단해지는 하늘

11월에 내리는 비는 나무에서 떨어지는
눈물, 고요하게 내리는 빗속에서
가슴을 찢고 떨어지는 마른 가지

안으로 안으로 한기가 든다.

05

팥죽

한 해의 시간으로 딱딱해진 상처
이쯤에서 불려야 하지

태양이 죽음으로부터 부활하는 날

상처 속으로 스며드는 뜨거운 시간
유폐된 단단한 기억들에 축귀를 올린다

산다는 것은 관계하는 일
그 관계의 틈새로 늘 바람이 드나들고
아직도 바람의 갈피를 잡지 못해
추억이 되지 못하고 남은 슬픈 후회

가마솥에서 잊은 척 살아온 세월

펄떡펄떡 튀어 오르고
속을 들여다볼 수 없는 캄캄한 그 속을
열심히 저으면
부풀어 동그란 옹이들 둥둥 떠오른다

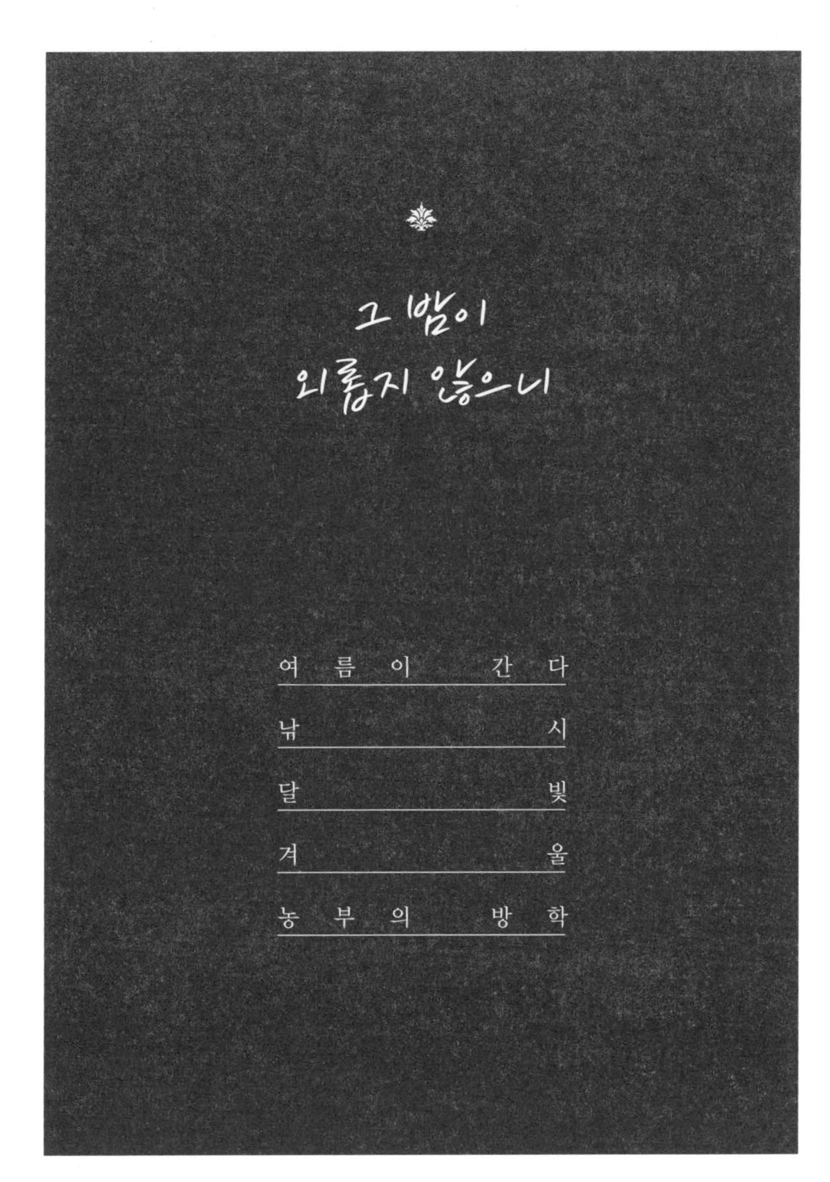

유귀엽

경남 하동 출생.
『문파문학』 시 부문 신인상 당선 등단.
문파문인협회 회원.
산약초 전문해설가, 약용식물 관리사.
아주대학교 평생교육원 약용식물 관리科출강, '한민농장' 운영.
저서 : 공저『문파문학지』 외 다수

01

여름이 간다

긴 장마 끝
붉은 진흙탕
계곡은 삼키고

하늘 울림대
세상을 흔들며
사방 빛의 축제인 양
가슴 조아리고

저만치
한풀 꺾인 더위
한낮에 부는 바람
매미 소리 청량하고

파아란 하늘 나르는
고추잠자리
저만치 가을이
눈앞에 선하다

02

낚시

실타래 엉킨 듯
생각 없는 머리
혼탁한 마음
각기 다른 세상

어느 한쪽
버리지도 놓지도 못하고
무엇을 낚으려는지

생각이 다르고
마음이 다른 현실 앞에
두 마리 토끼를
움켜쥐려니 이도 저도 아닌
지금에 내가 싫다

세상사 다
내 마음 같지 않고
던져둔 찌에 걸린 마음
바람에 흔들린다

03

달빛

달그림자
산마루 가득
달무리 지고

누구를 기다리나
첩첩산중 수묵화
외롭지 아니한가

산기슭 내어준 길목
마주 잡은 손 없어
서운치 않으니

달빛 비친 걸음마다
함께 거닌 달 그림자

그 밤이
외롭지 않으니

201
오늘도 내일도
함께 하자네

04

겨울

설산 가득
가을을 묻고
땅속 깊이
봄을 품었다

기다림 속
내 마음마저
꼭꼭 숨겨둔
하얀 속살

빼꼼히 고개 내민
영실 찔레꽃 열매*
하얀 겨울
가득 담아
사랑을 전하네

---

* 찔레꽃 열매 : 영실은 불면증, 건망증, 신장 방광염에 효과가 있다

05

농부의 방학

한여름 장마
논빼미 물꼴 내어주고

추적추적 빗소리에
지짐이 기름내
탁배기 한 사발

산들 바람에 씨 넣고
흙 덮으니 봄은 가고

햇살 가득 여름 땡볕
풀과의 전쟁
등줄기 땀방울 골 타고 흐르면

알토란 밤송이 나뒹굴 때
수확의 기쁨도 잠시
농산물 하락에
몸도 맘도 천근만근

자식 생각에 미소가 절로 나고
보따리마다 사랑 담아 보내며

지난 계절 노고 보상받듯
농부의 방학이 시작된다

그런 것 일수록
삶은 더욱 깊어

선유도
우화
바람
눈물
치매

부성철

제주 출생, 한양대 졸업.
한국문인협회 편찬 위원, 문파문학회 감사.
호수문학회 회원, 불시 동인.
수상 : 2002년 『문학과의식』 신인상

01

선유도

남은 잎마저 떨어져 나갔다
겨울 하늘 끝으로 늦은 해가 기울고
새들은 떠났다
어둠이 도시로 스며들고
지나온 길들은 사라져 갔다
주위를 둘러봐도
손 내밀던 가지도 거둬지고
무심한 바람이 가끔 지나갔다

몸에 불을 달고
난간에서 날았다
가슴 미어져 드넓은 하늘로 날고픈
숨죽여
흐르는 바람에 몸을 맡기면
끊임없이 휘저어 갈 세상
바람도 비에 젖음

허공은 눈물 되어 내린다

02

우화羽化

쑴바귀의 가느다란 잎사귀 끝
우화의 흔적은 사라지고 없습니다

여자는 달라붙는 몸서리를 떨치고 웃는 듯 울고 있습니다
건네는 술잔들이 눈치를 보며 취해가고
의식은 멀리 「이어도」를 찾아 떠납니다

색깔을 만들 말들이 온 방 안을 떠다니고
몸짓은 가끔 불어오는 바람에 몸을 맡깁니다
탁자 밑으로 벌레들이 기어 다닙니다

사랑은 불그레 피어나 바람과 햇빛에 어루다
찬바람이 불어오면 바닥으로 이리저리 휘둘립니다

긴 복도 끝으로 겨울이 오고
입을 막고 울어도
삶은 문틈을 빠져나와 복도를 서성거립니다

웅크렸던 몸을 펴자
겨드랑이 사이로 날개가 돋아나 13층 베란다 위로
"툭" 자신을 던집니다

사람들이 잠시 모였다가
수군대며 사라지는 뒤로
앰뷸런스의 긴급 사이렌 소리가 도시 사이로 묻힙니다

03

바람

남산으로 오르는 길섶에 앉아
밤새 달려온 기차가 내려준 차가운 바람이 외면하고 간
광장을 내려다보며 바람이 운다.

소용돌이치던 삶의 물살이
바위에 부딪혀 다져진 소란스러운 날들이
빌딩 사이로 내달은 건
살아간다는 것 하나

잠시 숨 고르고
쉬는 듯하다가
격렬한 몸짓으로 울부짖기도 하고

스러진 이들에 혼을 담아
그들을 부르듯
그 속으로 들어가 그가 되는 길

삭막한 도시 마루 위로 동살이 튼다.

04

눈물

버릇처럼 잠에서 깬 시간
물구나무 서서 별을 헤이듯
거꾸로 숫자를 접으며 잠을 부른다.
숫자 어디쯤 고운 숨결로 선잠 들고
잠긴 눈 속으로 고단한 삶 만큼의 선들이 살아나
고운 달빛으로 그리움 하나 비쳤다 사라지면
마음 속 움트린 것 하나
위로 치밀어 정리되지 않은 언어들이 목줄에 걸려
몸속을 돌아다닌다.

우리들이 잠든 사이 나무들은 깨어
하늘과 만난 영혼을 만들고
바람에 실려 마음 가난한 이들에게 전이 되면
얼어붙은 마음 속으로 별이 비친 듯
슬픔은 가슴 깊숙이 또아리 틀어
속내 어디쯤
탁치고 올라와 한 방울이 이슬이 된다.

만질 수 없는 것들은 많기도 하지
소리
바람
……
그런 것일수록 삶은 더욱 깊어
슬픔이라 이름 짓고

05

치매

ㄱ이 나를 버렸다
6동 9동이 교차하는 모퉁이에
곱게 핀 할미꽃
어디로 가야 할지
하얗게 낮달이 떴다

노인정 우편함엔 오래된 자국들이 글자를 가로막고
덧씌워 얼룩진 시간들이 오랫동안 침묵하고 있다

여기
여기
어렵스레 몇 날의 밤을 새며 적었던
지나간 연서들은

안경을 몇 번 고쳐 써야 찾아볼 수 있을
암호로 가득하다

언뜻
이름조차 희미해지는 기억들
너무 깊이 놔버린 시간 속이
빛이
깜박 깜박 들려오는 신호음이
울음으로 떠다니다 사라진다

가야지-

한 뼘 볕이라도 쐬려고

무말랭이

입동

영순이 할아버지

차례

박노일

경기도 일산 출생.
『문파문학』 시 부문 신인상 당선 등단.
문파문인협회 회원.
저서 : 공저 『차마 하지 못하는 말』 외 다수

01

무말랭이

한 뼘 볕이라도 쐬려고
베란다 창틀 위에 널린
무말랭이

마당 한구석 멍석 위에
가득 널렸던 천덕꾸러기
도시락 열 때마다
지겨웠던 단골 메뉴

질기지도 연하지도 않은 아삭한 맛
쫀득하고 담백한
아련한 맛

쪼글한 우리 엄마 손 마디

02

입동立冬

검사 하러 간 아내
목소리가 떨린다
'악성이래'

정신없이 뛰어나간
마을버스 정류장

우주 비행사보다 더 꼼꼼히
채비를 마친 유방 센터
立冬 날 아침
발사대로 향한다

두 아이 요람 해체하는 5시간
행여 어느 별의 미아 될까
세상 모두 건 대기실 전광판

오늘은 정기 검진일
새로 쓴 모자가 낯설다
부디 이 겨울
혹독한 바람이나 없었으면.

03 영순이 할아버지

봄비 내리는 간사이 공항
이방인들의 발길이 부산하다
어디서 나오는지

할아버지 쉰 목소리가 울린다

오사카 성 벚꽃 마당에 서 있는 나에게
다가오는 흰 바지저고리
어느 탄광, 제철소로 가는지 모르는
징용 보따리를 멘 영순이 할아버지

여름이면 정자나무 아래
겨울이면 사랑방에서
수도 없이 되풀이하던 징용 이야기
귀에 못이 박힌 오사카 항

언제 다시 오셨나 이 먼 곳에
영순이 할아버지

04

차례

내일은 설
밤공기가 아직 차다

언제쯤일까
문밖이 소란하다

긴 담뱃대를 쥔 할아버지
차례도 안 지내는
고얀 놈의 집안이라고 야단이다
할아버지 할머니
잘못 했습니다
고향 집 싸리 울타리에서
회초리 한 움큼
얼른 뽑아 올린다
실컷 쳐 주세요
종아리를 걷는다

아침상 앞에
엎드려 절하면
정말 안 되는 겁니까
아버지!

꽃잎이 저 혼자 꽃술을 만든다

권소영

경북 문경 출생.

『문파문학』 시 부문 신인상 당선 등단.

문파문인협회 회원, 시계문학회 회원.

01

용석리 총동창회

듬성듬성 푸릇푸릇 풀들이
불임의 마당에 폐경 여인의 거웃처럼
다시 금줄 칠 일 없는 교문에는
총동창회 겸 체육대회 현수막이

어디로 다 갔나
응원할 달리기 축구는
관중 없는 족구 결승전에서
막걸리 두어 사발 걸친 사내들 바람을 차고 있다

한쪽 어깨 부러진 늙은 대추나무
덜 여문 고것들 주렁주렁인데
그 여린 매운 손들
모두 어디로 갔나

부글부글 육개장이 끓는다
천막 아래 떡이며 부침개며 오징어무침이며
노래방 상자가 흥이 오른다
육십 년 바라기 양지마을 그 소년이 마이크를 잡았다
칠순의 소녀가 막걸리 한 잔에 수줍게 흔들린다

흔들흔들

흔들린다
아이들은 떠났고
아이들은 다시 오지 않고
폐교 운동장이 오랜만에 흔들린다

02

시인으로 가는 길

동굴은 어디에나 있어요 아이오와 옥수수밭 끝자락 델라웨어 주택가

백날쯤 뼛국물을 우려냈지요 박사 따러 온 아들 다리 부러져 누운 채 나뭇잎은 지쳐갔어요 동굴 밖 단풍나무 꼭대기부터 하루 반 뼘씩 노란색을재다 웅녀 이야기와 곰국을 엮어 시 한 뼘 얽어냈어요

좋은 시를 쓰기란 검은 돌마을에서 검은 돌 캐기 같아요 부수고 파내고 잘라내고 버리다 보면 겨우 두 낱 곰하고 뼈만 남아요

곰은 곰곰 견뎌서 사람이 됐을까요 고고 또 고면 곰이 사람이 되는 걸까요 시인이 시를 낳는 걸까요 시가 시인을 만드는 걸까요 곰곰 생각해봐도 여전히 캄캄한 동굴 속이에요

03

밤나무골 내력

날 선 칼날로 금 싸아악 그어도 글로 말로 굳는 송진 한 방울 맺히지 않는 걸 보니 분명 소나무는 아니고요 요상한 꽃향내 십 리 가는 밤나무도 못 되는 거 아는데요 나도 너도 밤나무 수런거릴 때마다 목덜미 뜨끈한데요

읽다 보니 쓰고 있고 쓰다 보니 읽고 있는 죄로 뭍도 물도 아닌 가슴팍에 모 한 포기 못 꽂아 못 키우고 한 오리 제비꽃 뿌리 못 적셔도 혼자서 젖기만 하는데요

너도밤나무라며 나도밤나무가 천 그루를 채웠다는데요 눈 밝은 탱자나무 울타리 카랑카랑 합니다.

04

선생님 오래된 선생님

동식이 경식이 영식이
미숙이 영숙이 은숙이 명숙이
삼식이와 사숙이들
선생님보다 더 흰머리 많은 창수까지
꽃잎 분분 벚나무 아래 둘러앉았다

영숙이 니 동생은 뭐 하고 사노
경식이 너그 아부지 그때 술 마이 마싯는데 요즘은 어떻노
동식아~ 너그 형은 아직 소못골 사나

육십 명 넘는 아이들 여직 그리 꿰고 계시는지
깊은 골 네댓 개쯤 건너 다시 만난 선생님
니 얼굴에 세월이 마이 앉았구나 하신다
선생님요, 열세 살 가시나 그때가
암만해도 내 전성기였던 거라요 하다가
웃음에 취하는데
취해서, 웃는데

꽃잎이 저 혼자
찌그러진 양은 술잔에 내려앉아
꽃술을 만든다

너의 영혼은 자유로울까

이은영 〈에스더〉

전북 전주 출생.
조선대학교 여자대학 의상학과 졸업.
『문파문학』 시 부문 신인상 당선 등단, 『월간문학』 수필 등단. 탈퇴 회원.
한국문인협회 회원, 문파문인협회 회원.
수상 : 제16회 동포문학상
저서 : 수필집 『이제 떠나기엔 너무 늦었다』, 시집 『꽃밭에서 별을 헤며』

01

누드 크로키

그는 시간을 한곳에 붙들어 매었다
태양을 끌어당기며 단판을 하듯
옷을 벗고 손을 하늘로 올리다가
동작 그만
3분 또는 2분

그에게는 버티기 힘든 시간
나에게는 너무 짧은 시간
나는 언제나처럼 동작이 바뀔 때마다
완성되지 못한 스케치북을 넘긴다

숲을 보았다
정글에 갇힌 너를 본다
작은 지구는 너의 손안에 있고
생각마저 멈춘 듯한
너의 영혼은 자유로울까

뾰족한 창끝은 누군가의 심장을 향해
날아가 꽂히기 직전
어느 땐 죄 없는 선한 짐승의 정수리를
쪼개버릴 것처럼 도끼의 날을 퍼렇게 세운다

멈춰있던 시간은 화폭에 남지만
너에게는 잃어버린 시간
하지만 너는 최선을 다했다는 걸
나는 알아

마지막을 알리는 벨이 울린다
축구시합의 끝처럼 로스타임이 있어
너의 인생의 가장 아름답고 아쉬운 시간에
보태어져 연장되기를 나 기도할게

02 봄날이 가기전에

꽃그늘 아래
암탉처럼 흙을 파헤치고 앉아서
마음 깊이 가라앉은 서글픔을 긁어낸다

그 자리에 구슬 같은 희망의 기도를 채우고
몸부림치며 절규하며
부리가 깨져 피가 날 듯 껍질을 쪼으리

그것들이
부활절의 아침처럼 깨어나기를

이 찬란하고 짧은 봄날
꽃잎 날리듯 가기 전에
봄날이 가기 전에

03 청진동 골목길

옛날 청진동 그 골목길을
이제는 잊기로 했다
아버지는 서울에 도착하면
여인숙의 이름과 전화번호를 알려주셨다

동명장에 꼭 묵으시던 아버지
내가 결혼 후 서울로 이사 오면서
아버지 서울에 오시면 내 집에 꼭 모셨기에
여인숙은 자연스레 잊었다

낙엽처럼 버스럭대는 가슴이 허하고 춥다
아버지가 그리울 때면 청진동에 가고 싶다
거기 가서 청진동의 황혼을 보며
따끈한 해장국도 먹고 싶다
지금은 종로길 옛 이름 피맛골
돌이킬 수 없는 그 옛날의 거리

돌아올 수 없는 아버지
아버지가 계신 곳은 천국이지만
나는 아버지와의 추억 청진동이 그립다.

04

여주가 열리면

〈토마토 올리브유 꿀 7월 28일〉
〈양파 발효액 5월 10일〉
된장 간장 담가서 큰조카 은영이 것
내 냉장고 안에 이모의 사랑이 넘쳐난다

허리도 부실한 이모는 봄부터 바쁘다
민들레랑 쑥 캐고 감자 줄기로 김치 담고
〈고추 가지 상추 토마토〉 농사지어
무공해 야채를 먹어야 한다고 못 전해서 애탄다

여주 열매가 내게 좋다 하여
여주 여주 여주 어디서 구하지? 안달이었는데
어느 해 옆집 철조망 가에 심은 여주가
넝쿨째 넘어오더니
귀한 열매가 열려 익었다고 애지중지 싸주던 이모

이제는 씨를 받아 놓았다가
예쁘고 탐스럽게 익어지면
해마다 나에게로 전해진다

냉동실에서 숨바꼭질하다가 몰래 버려지는 것들
죄송해요 이모 버렸다고 말도 못 하고
아프고 무거운 마음으로 올해도 또 받아든다.

05

저녁 강

강물을 들여다보고 있으면 맑거나 흐리거나
태극기의 펄럭임처럼 마음이 거룩해지고
내딛는 발걸음도 숙연해진다

늪지대에 군락을 이룬 풀들이
바람에 서로를 껴안고 기대며 머리칼을 날린다
내 키보다 더 자란 갈대 숲 지나고
하얀 레이스의 망초꽃 지나서

풀숲에서 우짖는 새소리
헤집어 찾아봐도 모습은 없고
강물 위로 길게 드리운 석양빛이

금빛으로 반짝거려 눈이 부시다

곧 어두움 속에서 강물 위로
달이 뜨고 별이 잠기겠지

강물은 흔들리며 그 자리에 있는 듯하지만
어두움 속에서도 멈추지 않고 흘러가고 있다

햇살이
눈에 붙는다

사랑초
살아있음을
시월에
걸어가는 새
그리 아니하실지라도

조영숙

장흥 출생.
『문파문학』 시 부문 신인상 당선 등단.
한국문인협회 회원, 문파문인협회 회원, 호수문학회 회원.
저서 : 공저 『바람의 작은 집』 외 다수

01

사랑초

온유한 아름다움
나를 숨 쉬게 하고
햇빛 너무 좋아해
저녁에는 오그라드는 꽃
햇빛 설레게 환한 날
힘껏 펼쳐지며 웃고
흙 사이로
어머니 사랑처럼
맑은 행복 비집고 올라오는
이파리 하나하나
기다림의 끝이 즐거움인 것을
알알이 맺히는 결실인 것을
너른 화분에
숨소리 잔잔한 사랑초 한 아름
형제자매처럼 배려하며
피어나는 꽃의 절정
자연의 신비
사랑이다

02

살아있음을

흩뿌려진 별들 속에서
한 별이 되어
오늘까지 살아왔음을
감사해야지

막힘없고
붙잡을 수 없어
반세기 물 흐름 따라
서 있는 흔적
세월의 바람을 맞고

가시에 찔리며 아픔 느끼고
모든 것 사랑함에 감사해
목까지 차오르는 숨으로
기쁨 뿌릴 때

시계는 째깍째깍 흥겨워하며
오늘을 흐른다.
지금
한 뼘 더 살아있음에
고개를 끄덕이며 햇살 받으니

세상은
짙은 초록이다.

03

시월에

높은 하늘 멀리에서
늘
한결같은 온기를 뿜어내는
어머니
가을빛 홍건히 적시며
가슴에 그리움으로 짙게 남아
아름다운 향기
흩날린다

언제나 곁에 있어서
진정 아끼고 사랑하였기에
행복할 수밖에 없는
어깨 스쳐 가는 추억들
오래 지켜가야 할 힘으로

세월의 흐름 속에
깊고도 강하게 스며드는

울림

햇살이 눈에 붙는다

04

걸어가는 새

호수공원의 마른 잔디 위
새가 걷는다
옆에 사람 있는 눈치 알면서도
빈터가 되어버린 땅을
두 발로 두 발로

작은 주둥이 쪼개놓은 마른 씨앗
땅 헤집으며
하늘 위로 날아감을 잊은 채
바람에 날개 푸덕이며
산다는 것을 잠시
신음하고 있듯이

모든 의미 내어 버리고 갈
절박한 세월이 있는가

나뭇잎 털어버린 나무 바라보며
가을 꽃 향기 그리워
새가 걷는다

05

그리 아니하실지라도

금으로 만든 신상 앞에
절하지 아니한 자
일곱 배나 더 뜨거운
풀무 불에 던져 넣어져

그 속에도 계신 능하신 손으로
건져 내시리란 믿음으로
그리 아니하실지라도
불 속에라도
들어갈 수 있는 사랑

몸을 해하지도 않고
머리카락 하나
그을리지 아니한
큰 은혜

풀무불보다 더 큰불로 오셔
높임을 받으시기에
합당하신 사랑
그 사랑

제풀에 탈탈 털며 가버리는 바람

이별 뒤에 남은

여름 한가운데

일탈을 꿈꾸며

단풍이 떨어지다

억새풀

박옥임

부산 출생, 성균관대 교육학과 졸업.
『문파문학』 시 부문 신인상 당선 등단.
한국문인협회 회원, 시계문학회 부회장, 문파문학회 운영이사.
저서 : 공저 『그랬으면 좋겠다』 외 다수

01

이별 뒤에 남은

그 사랑은
이 세상 끝날까지 함께
할 것이란 믿음의 시작이었는데

반딧불처럼 반짝인
시간은
이슬이 스러지듯 흔적 없는
미완의 시간

이미
떠나간 사람인데
그 음성은 떨림으로 오고

아직
내 삶에 부분으로 남아
안으로 안으로 쟁여놓은
시린 추억의 한 조각

02

여름 한가운데

뜨거운 볕과 바람이 어우러져 휘돌아치니
숲은 주체할 수 없는 푸르름이 왕성하고
하늘과 땅도 덩달아 후끈 단다

풀벌레 소리 밤낮없이 울리며
매미들 서로의 존재 확인에
몸달아 소리가 점점 커지며
있는 힘 다해 정인 찾아 불사른다

폭발하는 에너지
이 여름이 다할 때까지
마음껏 끌어모아
작은 잎새조차 진초록으로 젖어

냄새 고약한 마타리, 노루오줌, 계요등조차
가장 고운 색깔 들춰내어
뭇시선 사로잡는 여름, 뜨겁다

03

일탈을 꿈꾸며

늘 같은 하루하루
일상적 일들의 반복 속에서
지루함이 온몸으로 스며들어
삶의 탄력을 툭툭 허문다

무턱대고 떠나 보았다
낯선 거리를 거닐고
다른 사람들을 만나고
다른 듯한 하늘도 보았다

어느 곳이든 사는 모습 상통相通하며
일상은 같은 단조單調로 흘렀다
호기심조차 사라지고
당긴 고무줄의 탄성처럼
떠났던 곳으로 가고 싶은 간절함

편안과 안정에서 떠나지 않은 채
꿈만 꾸었던 치기稚氣였나?
헛헛한 가슴 메울 것 없이
일상으로의 귀환
또 다른 일탈을 꿈꾸며

04

단풍이 떨어지다落紅

물이 빠지고
색이 들면
종잇장처럼 가벼워지는 잎

바람이 살풋 불어도
나비처럼 가벼이
날개를 파닥이며
하늘을 배회하다
지상으로 내려앉는다

나를 살게 한 근원을 찾아
감싸고 스며들어
합일을 꿈꾸며 바수어져
한몸이 되어간다

05

억새풀

한라산 끝자락,
차갑게 파란 겨울 가운데
햇볕에 바시어 은빛으로 빛난다
광폭한 제주 바람
마구 흔든다
흔들리듯 흔들림 없고
꺾일 듯 꺾이지 않는다
있는 힘껏 버틴다
차가운 바다 들이켜 쏟아붓다가
제풀에 탁탁 털며 가버리는 바람
그제사 머리 들고 꼿꼿이 서서
안도의 한숨 쉰다
'겨우 버텼어'

촉촉하고 청아한 봄비가
조용히 다시

조 반 은 드 셨 수

개 두 릅

햇 차 만 나 다

감 동 젓

약 대 구

한복선

서울 돈암동 출생.
『문파문학』 신인상 시 부문 등단.
문파문인협회 회원, 신시문학회 회장, 한국문인협회 회원.
중요무형문화재 제38호 '조선왕조 궁중음식' 이수자.
(주)대복 회장, 한복선 식문화연구원장.
저서 : 시집 『밥하는 여자』, 『조반은 드셨수』

01

조반은 드셨수

마마 은주발에 수라상
새옹 곱돌솥에 백탄 때서 지으니 잣죽 끓는 듯
고소한 냄새
기미 상궁 '마마 수라 젓수십시오'
둥근 해 빨간 수라상에 12첩 반상 드시고 백성을
이끄신다

아버님 독상 차림
유기 주발에 가마솥 떼어 지은 밥
국 김치 반찬 고루 갖춰 3, 5, 7, 9첩 형편 따라
진짓상 올려 힘 나게 드시고 평생 식구를 키우신다

우리 어머니는 아픈 아기에게
어미 입에 밥 잘근잘근 씹어 먹이시며
밥 먹어야 힘 난다며… 평생 부엌에서 사셨다
어머니 돌아가시기 전에도
막내아들 보며 "조반은 드셨수"
한낮인데 아침밥 걱정이다

02

개두릅

키 큰 나무에 가시 도깨비방망이
문 앞에 걸어 두어 귀신을 막는다
매해 이른 봄 빛나게 피어
바지런한 아침이슬에서 만나는 서러운 개두릅
엄나무 자식이다

연한 순 씻어 건져
살짝 데쳐 설컹 짜서
된장 참기름 깨소금 저분저분 탈탈 털며
구수하고 간간하게 무친 엄나무순 나물
봄날에 쌉스름이 입맛을 더한다

봄의 여신 부활절
아픈 가시와 핏빛 물든 개두릅이
들판 산속에 다시 피었다

03

햇차 만나다

비 온 후 찻잎 향은 엷다는데
새벽녘 봄비가 차밭에 내린다

비 갠 후 비탈길 차밭에 올라 반짝이는
연한 녹색 순을 따다
무쇠솥에 촉촉한 파란 잎 보슬이 덖은 햇차

엄마의 자궁 속 아가의 탄생을 기다리듯
둥근 다관에 따뜻이 든 찻잎에
부드럽게 떨리는 달빛 정적 고요가
포르스름 엷은 녹색 풋향 우려내다
아가의 젖내음을 솔솔이며
찻잔에 쪼르륵 떨어지는 기도의 눈물
고요 속 달고 쌉쓰름한 맛이 오래 깊다

촉촉하고 청아한 봄비가 조용히 다시
내린다 곡우절에
공들여 찧어서 작게 빚은 떡차
잘 말려 지시며 안녕하시길

04

감동젓

소금에 절여진 곰삭은 곤쟁이젓 아주 작은 자하 새우젓
자작하게 썬 무에 낙지 생굴 밤 고춧가루 버무려 익힌
해물 감동젓무김치 맛나서 밥 도둑 오명 쓰며

입을 벌리소, 자아 밥 들어 달큰한 입속
오늘 저녁 춘향가 속의 이 김치가 호사라면
감동젓에 물만 밥은 어떠리오

05

약 대구

긴긴 겨울밤 술참으로 약 대구포를 드시던 우리 아버지
가물가물 멀어져가는 먼 겨울이 가물가물하다

입이 큰 생선 대구
본고장 통영 앞 바다 장대를 세우고 아가미에
새끼를 꿰어서 한겨울 얼 말리는데
우리 집 눈발 속 빨랫줄에도 약 대구가 건들건들 오래오래 말려지고 있었다
어머니는 큰 대구의 알 창자 이리 고니를 큰 입 아가미 쪽으로 끄집어내어
그 속에 간장을 그득히 부어 이 간장이 살에 스며들도록 꾸득꾸득 오래 말렸다 발그스레 쪽쪽 찢어지는 대구포 신기한 약 대구를 만드셨다

입이 너무 커서 간장에 절여진 불쌍한 약 대구
생긴 대로 가는 팔자 서럽기도 하다

아직도 나의 날들은 착각의 문을 두드리며

나비

답장

추성

해당화

이춘

경남 의령 출생.
『문파문학』 시 부문 신인상 당선 등단, 『창작수필』 수필 부문 당선 등단.
한국문인협회 회원, 문파문인협회 회원, 신시문학회 회장 역임.
저서 : 공저 『바람엽서』 외 다수

01

나비

나무들 사이에 네가 있을 때
마른 풀밭을 거닐며, 나는
가지들이 만드는 격자格子 속을 지나가는
빈 하늘을 바라보고 있었다.
기다림인 줄 모르는
깨지 못한 꿈 같은 것이었다.

나무들 사이를 나와, 네가
여린 가지 끝을 맴돌 때
숲으로 난 길에서, 나는
회색 거미줄에 맺힌
맑은 이슬방울을 황홀이 바라보며
낯선 두려움에 떨고 있었다.

아직도 나의 날들은
착각의 문을 두드리며
숲 너머를 떠돌다 돌아와
멈추지 못하는 날갯짓으로
닫힌 문의 언저리에서 피어오르는
푸른 결을 휘젓고 있었다.

02

답장

산벚나무 가지에선
안아도 넘치기만 하는,
쏟아지는 꽃구름

아득해지는 생각
꽃잎 한 줌을 물에 띄웠네

하얀 꽃잎 실어 보낸
은빛 피라미 등허리에
어느새 무지개가 떴다
어릴 적 물에 빠뜨린
프리즘

연초록 언덕길이
남빛 아지랑이 속에
질어간다

03

추성秋聲

언제던가 어느
저문 날 밀밭 길 개울가에
낙뢰 소리 피하다
놀라 내달린 발자국 남겨놓고
찔레꽃 솔바람에
꽃잎 흩어지듯
떠나시더니…

전하지 못하는
푸른 소식이야
기다리는 마음도 같을 테지만
노을빛에 산나리 꽃잎 이울 듯
창가에 스치는 갈바람 소리가
저절로 찾아온
소식이었소

04

해당화

낯선 거리에서
마주하는 공허감이
한적한 해안의 낡은 전신주 위로
오래도록 비워진 채 익숙해진
상실의 창을 채워온다

먼 곳으로 사라져
잊혀져 가는 이야기들이
청파래 저민 바람에
믿지 못할 실내음을 흘리며
발길을 붙든다

그 곡절 억울토록
말하지 못한 사랑이
물빛 서러움에 출렁이는데
황혼녘 안개에 젖은 꽃잎이
바다로 난 길에 아득하다

해바라기 꽃
한 아름 안겨준다

내 사랑

당신의 땀방울

황금물결 춤추는 가을

시는

김복순

충남 천안 출생.
『문파문학』 신인상 당선 등단.
문파문인협회 회원, 시계문학 동인.

01

내 사랑

왜 몰라주나요

나의
고민 깊어만 가는데
봐요
봐요
나를 바라보아요

뒷모습 보이면
이야기할 수 없잖아요

다정한 눈빛으로
나를 바라보아요

마음에
담아있는 이야기 일랑
다 할 수 있게

02

당신의 땀방울

한 땀 한 땀 모여

당신과 나와
아들딸이랑
행복의 끈이 이어져 가고 있어요

긍정의 힘으로
미래를 향해 달려요

말의 열매로 복록을 누린대요

인내하며 기다리면 복이 온대요

03

황금물결 춤추는 가을

흰 구름 둥실둥실
햇살 실어 가며
하늘땅에 뿌리네

들녘엔 오곡백과

열매 주렁주렁

산봉우리
빨강 노랑 파랑 물들이고

호숫가 물 위엔
한 폭의 풍경화 펼쳐지네

농부들의 노래와 풍악 소리 울리네

04

시는

잠긴 문을 여는 열쇠

비 온 뒤에 떠오른 무지개

꿈을 심어주고 키워준다

솔솔 봄바람 불듯이
잊혀져 가는 추억
하나하나 떠오르게 한다

맘 아플 때 위로해주고
친구가 되어 주며
해바라기 꽃 한 아름 안겨준다

무거운 짐 다 비우고
감사의 꽃으로 피어난다

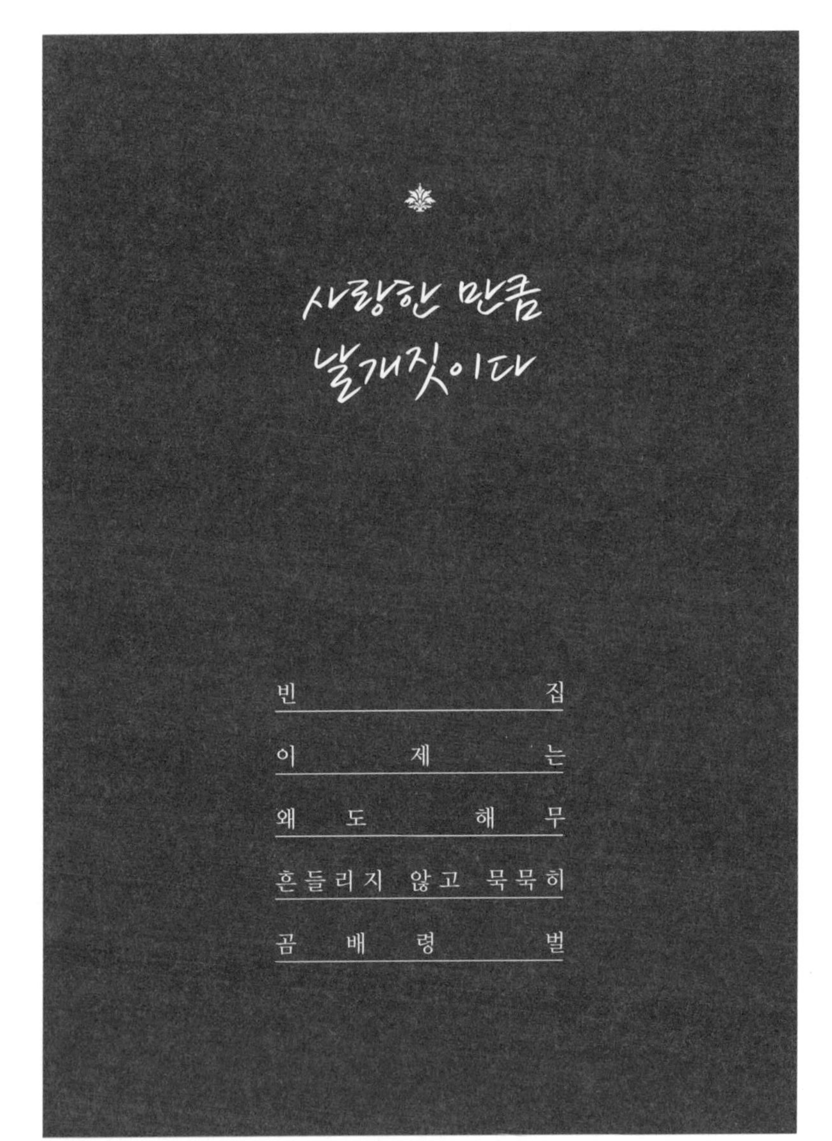

김영화

경북 예천 출생.

『문파문학』 시 부문 신인상 당선 등단.

중앙대학교 예술대학교 전문가과정 문예창작과 수업.

문파문학회 운영이사, 동남문학회 회원, 한국문인협회 회원.

저서 : 공저 『뉘요?』 외 다수

01

빈집

숲길 오르다
이마에 스친 거미줄
뒷걸음하여 올려본 거미집
구멍 난 가장자리 정교하다

유충 한 마리
젖은 날개 파닥이다 새어 날자
남은 이슬 몇 방울 흩어지고
햇살만 들락거리는 어디에도
거미는 보이지 않았다
집을 짓던 아버지처럼

등이 휘도록 벽돌 찍어
한 귀퉁이 쌓아두고
하숙치려던 꿈 접어둔 채
병원으로 간 아버지

동네 개구쟁이들 해 지는 줄 모르고
소리치고 뛰어노는 공터가 된 집터
벽돌 덮은 비닐 장판 헤지고 낡아도
돌아오지 않은 아버지

짓다 만 거미집 텅 비었다
이미 거미줄 아닌
날개들의 혼魂줄로
나르는 것을 구속했던 거미
지루한 일상 내던지고
입체형 복식 집을 지어
작은 자유까지
완벽하게 가두기 위해
빛줄기 꺾으러 가다
자신을 가두고
혼魂줄 타고 갔는지도

숯막 열기처럼 뜨거워지는 공기
뒷걸음으로 천천히 끊으며
숲길 오르는 시선
휑한 거미집 내내 맴돈다

02

이제는

한차례 폭풍우 지난
옹이진 가슴 틈새로

투명한 햇살 줄기
새어들면
모른 체 말고
그대로 젖어들자

아픔 포슬포슬할 때마다
꿈 햇살 이웃하고
부는 바람 냄새
놓치지 말고
또다시 힘차게 걷자

03

왜도 해무

가장 낮게 엎드려
잠시도 쉼 없는 몸짓
하늘 크기보다 더 큰 서러움
해안절벽 아래
하얀 눈물 철썩인다

가누지 못할 큰 품 열고
통째 보듬자
바다와 하늘 하나 되어

아득히 너른 세계 열리고
언덕 아래 찰싹이는 먼 소리
고기잡이 어부
노랫소리 들려온다

04

흔들리지 않고 묵묵히

싫고 그르다고 분명한 소리 낼
용기조차 없이
머물 곳
기댈 곳
어딘지 몰라
숨죽여 숨차하다
내려앉은 국도변

비켜난 구름 사이
뜨거운 볕
달궈진 펜스 손발 데이면
새살 돋도록 기다렸다가
한 땀씩 부여잡아 다시
딛고 오르는 목숨 줄
하얀 살 붉게 피멍 들도록

매끄럽고 딱딱한 방음벽
놓지 않는 담쟁이덩굴

그리움으로 차오른 잎
거대한 붉은 거북등
출렁대는 붉은 포말
비늘 하나하나에 깃든
속살대는 울림
사랑한 만큼 날갯짓이다

05

곰배령 벌

산마루 너른 풀밭
저절로 피어난 꽃
갖은 냄새 품던 벌들
전국에서 묻어간 에테르 향에
잔잔한 가슴 어리둥절

숲길 발끝에 채인 돌
웬일인가 싶어
멀리 구르지 않고
약초 밑동에 슬그머니 닿아

이슬 머금은 쌉싸롬한 향
골짜기 가득 진동
벌 떼 킁킁대고

맑은 계곡 풀포기 틈
선명한 조약돌
비스듬히 물살에 쏠리며
왁자한 소리 놓지 않는
깊은 산 찾아든 사람들까지
단단히 끌어안은
진동리 산마루
공존의 향기 혼란스러워
벌 무리 침 끝 움츠리고
호기심 동한 낯가림
온통 천이 중이다

가만, 가만 말갛게 흐르고 싶다

환청

이팝꽃

바람의 연

그냥 그렇게

가을

박명규

경북 영덕 출생.

『문파문학』 시 부문 신인상 당선 등단.

한국문인협회 회원, 문파문학회 운영이사, 시계문학회 회장 역임.

저서 : 공저 『2014 문파대표시선 59』 외 다수

01

환청

부드러운
가락으로
비,
내리네
라일락 연보라
송이 위에도

희부스럼
하늘 저편 어렴풋이
소리,
들리네
낮달 숨어
손짓하는

나
잠시
취해 있었네
수런대는
봄비,
봄비,

02

이팝 꽃

절로
웃음, 솟는다
오보록 하얀 송아리
너를 보면
배고파 보채던
어릴 적
뽀오얀 이밥* 봉우리

아무래도
지금 너희들은
캄캄할 것이다
왜 이리 하얗게 웃고 있는지
그 하이얀 봉오리
마주만 해도
뛸 것 같던
어미 젖가슴처럼 소보록
펴지고 있는
봄밤

---

* 이밥 : 쌀밥의 경상도 사투리, 이팝은 이밥의 발음에서 비롯되었다고 전해 오는 이야기가 있음

03

바람의 연緣

어느 풋바람
연둣빛 잎새 틔울 즈음
꽃잎 피어나듯 그냥
맘 열려

맑은 바-람
깃들었다 해도 애당초
얽어질 순 없는
조각구름이었나

있는 속 속 다
들어내고
사막처럼 휑한
텅 빈 가슴

별이 박혀 더
현란하던 무지개는
눈 한 번 떴다 감을 결에
스러지고 열병 같은 신열 달아

저 혼자 윙윙거리다

홀로 산이 되어가고 있었다

04

그냥 그렇게

빗금 햇살에도
어깨 들썩이며 하얗게 깔깔대는 길섶
들꽃처럼

굽이진 물길에도
순하게, 순하게 에돌아 흐르는 실개천
물살처럼

숨 가쁜 더위에도
풀 바람 안고 한가로운 산마루 저
흰 구름처럼

그냥 그렇게 하얀 이 드러내고 가다가
웅덩이 만나면 한 번쯤 돌아도 보고 결 따라
가만, 가만 말갛게 흐르고 싶다

05

가을

시리도록 고와
구름 한 잎 차마

날아들지 못하는 빈 하늘

시뻘건용광로쇳물로도데울수없는 저린눈길

아득한
행성 저편
광년을 달리는 빛보다 먼저
와 닿은

멀리 여도 나란히
스며드는
하나,
한점

불현듯 일러준 큰 울림

임종순

경북 안동 출생.

『문파문학』 신인상 시 부문 당선.

동남문학회 회원, 문파문학회 운영이사.

저서 : 공저 『뉘요?』 외 다수

01

이음줄

무엇과 견주랴
금강석이 이보다 더 빛나랴
대양도 태산도 다 품지 못할
잴 수 없는 크기
뗄 수 없는 끈
그는 우주를 안고 왔다

몸짓 하나에
미소 하나에
다 주어 버렸다

내 핏줄 품을 때는
고단함에 눌리더니
인생 계단 딛고 서서
사슴 모가지로 내다본 갈증 풀고

소망 안고 차고 나온
이글거리는 태양
나는 너이고
너는 나의 이음줄인 것을
심장 마주 댄 찰나에
불현듯 일러 준 큰 울림

02

태몽胎夢

결혼기념일에
병산 서원 하회 마을 돌아
해 질 녘 북촌 마을
민박 감나무 집에 들었다
단 하나 남은 안방 차지

문 틀 위에 만전*萬全 문은
어느 고승의 필적이란다
들러리처럼 선 만사형통萬事亨通은
만전의 의미를 덧칠해 준다
나그네 하룻밤
안방마님 됨이 예사롭지 않다

여명이 창살을 더듬을 때
유아기에 아들 닮은
깨 벗은 아기 곧추선 생식기가
클로즈업 되어 품으로 온다

입은 무게 달고 내숭 떨어도
마음은 어느새 날개 단다
햇살 정수리에 앉을 때
컬러링 힘찬 울림

며늘아기다

* 만전(萬全) : 조금의 허술함도 없이 아주 완전함.

03

양파를 까며

양파가 수줍어한다
베일 벗지 못해 한 겹
또 한 겹을 싸며
자존의 씨앗 하나씩 심는다

켜켜에 들어앉은 나
내어놓지 못해 굴레가 된다
세상이
사람이
양파 껍질을 입는다

조여드는 맘
베일을 벗어 던진다
열어라
열고 나가자
양파를 까며

가슴 후련하도록
세상을 안자

04

월영교 소회素懷

여명이 호수 위에
햇살로 붓질한 그림
애절한 슬픈 전설 속 사부곡
그 진한 그리움
목책교 아래
달그림자로 누웠다

데크 길 긴 꼬리 끌며
우람한 월영대 품고 잠수 타는 새벽
젊음 껴안고 먼 길 온 청춘
셀카봉에 매달려 청아한 웃음
뿌연 물안개 감아올린다

정신문화의 요람 안동
도포 자락에 바람 소리 지나간다
영남 산 끼고 호반 나들이 길
향토 내음에 가슴이 뛴다

시가지 양팔에 끼고
조상 숨결 지켜내고 섰다

허공에 붕 떠 앉은 누각
옛 선비의 숙소엔
글 읽는 소리 아련한 듯
정자 난간에 기대앉아
추억 퍼즐 맞춘다

05

저문 날의 편지

화성 봉수대 아랫마을
골목 안 온기 사라진 지 오래
계단마다 아픔으로 덜컹거리고
알 없는 창
깊은 동공으로 쏘아 본다
지붕 위 가로지르는
고양이 목젖이 붉다

만삭인 우편함
입추의 여지 없어
하나둘 흩어져 나부끼고

널브러진 잔해 속에서도
발자국 스탬프처럼 찍힌
숱한 사연
누워 뒹군다
인증샷 한 컷
눈물로 얼룩진 얼굴
아픔의 크기로 들어와 찼다
수신인 없는 편지
허공에 파문을 그린다

꿈에라도 그려보며 살리라

그 리 운 어 머 니

강 촌 마 을 의 하 루

그 대 를 사 랑 합 니 다

소 중 한 사 람

봄 오 는 소 리

김용구

충남 논산 출생.
『문파문학』 시 부문 당선 등단.
창시문학회 회장, 문파문학회 부회장, 한국문인협회 회원.
저서 : 공저 『가을 그리고 소리』 외 다수

01

그리운 어머니

6·25 전쟁 때 동네 사람 모아놓고 죽 퍼주던 덕성스런 여인
계룡산 신원사 부처님에게 자식 위해 불공드리시고
태몽에 절 샘에서 수저 건져내어 평생 걱정 없으시다
따뜻한 식사 위해 학교 사택 고집하시던

아버지 드리려 숨겨놓은 계란 마른명태 먹어버린 아들
바라보고 웃으시던 어머니
직장생활 바쁘다는 핑계로 무한사랑 저버리고
무심했던 그때를 후회합니다

수녀 딸 만들어준 기도문 읽고 깨끗이
단장하시고 잠자듯 자연으로 돌아가신 어머니
성경 구약 시편 23장 성가 부르면 마지막 가시던 길
수십 명 수녀 합창 소리 가슴 뭉클했습니다

그리운 어머니
언젠가 자연으로 돌아가 만나게 되면
용서 빌게요 편히 쉬세요
어머니! 살며시 불러봅니다

02

강촌 마을의 하루

창을 열면
푸른 잔디 야채 꽃 가득하던 춘천 마을 강촌

허름한 집 뒷마루에서
아버지가 사다 준 책 읽던 생각이 머리를 스쳐 간다

훌륭한 사람이 되라고,
책을 읽는 자식의 모습에 흐뭇해 하셨다
아버지 옆 꿈 많던 소년 시절이 늘 그립다

노년이 되어
동양철학을 하시던 아버님의 고매한 인격,
참 스승이셨던 모습 아른거린다

사람들은 가치 있는 일에 목말라 하고
순수한 세계를 열망하면서도
행동은 그렇지 못한 것 같다

강촌 마을의 하루
창밖 대자연의 아름다움 바라보면서
먼 산 물끄러미 바라본다

03

그대를 사랑합니다

지난주, 아주 바쁜 나날이었어
무엇이 그리 분주했을까
당신은 혼자 사는 것 같다고 했지
나의 일상을 그려 보았지
독선 아집으로 가득한 정신세계
지금 나는 조금은 좋아졌나
당신과 '그대를 사랑합니다'
영화 구경을 했지

감상 후 말은 서로 없었어
서로를 인정하고 보완하면서
행복을 느끼는 공간이었나
우리의 여정이 길고 짧게 느껴지고
시간의 빠르고 느린 것 각자의 몫인 것 같아

이런 여정 속에 나는 당신을 사랑합니다
속삭여주고 싶다
그동안 고생 많이 했다고
살며시 손을 잡아주고 싶다

04 소중한 사람

푸른 대지보다
이 계절 더욱 아름답게
함께하는 소중한 사람
정성을 담아 감사 찬미 드리는
늘 푸른 나무 되고 싶다

오월 사랑 웃음 넘쳐나는 한 달이 되었으면

세상 한 모퉁이에
사랑을 모은 깊은 포옹 전하고픈
소중한 사람

살아가는 존재의 이유
소중한 사람

05 봄 오는 소리

삼월이다
봄 오는 소리 귓가에
소곤소곤 들린다

그리 매섭던 바람
인자한 자태로 부드러운 발걸음
먼 산 아련한 아지랑이 피어나더니
냇가 춤추는 버드나무 가지, 버들강아지

여인들 화사한 옷차림
롤러스케이트 타며 봄꿈 꾸는 아이들

널 기다렸단다

너의 모습
더욱 아름답다

꽃은 져야 꽃이다

대나무

우물가 코스모스

낙심될 때면

목련화

김문한

대전 출생. 『문파문학』 시 부문 신인상 당선 등단.
문파문인협회 회원, 한국문인협회 회원, 모던포엠 동인,
창시문학회 회원, 한결문학회 동인.
서울대학교 명예교수, 공학박사, 건축사, 건축시공기술사.
저서 : 시집 『내 마음 봄날 되어』, 『그리움 간직하고』, 『바람 되어 흘러간다』
공저 『가을, 그리고 소리』 외 다수

01

꽃은 져야 꽃이다

햇살에 쬐이고
비바람에 흔들이며
힘든 고개 넘기고 핀 꽃
향내 나고
해맑은 얼굴
지친 사람
낙심한 사람에 기쁨 주며
일 마치면 미련 없이 떠난다
피고 지고, 지고 피는 것은 하늘의 법칙
조화造花를 보라
피고 지는 고통이 있느냐
향기가 있느냐
꽃이 진다는 것은
살아서 죽고
죽어서 산다는 약속이니
서러워 말라
꽃은 져야 꽃이다

02

대나무

가냘픈 몸으로
폭풍에 쓰러지지 않는
대나무

단단한 뿌리
가새* 구실하는 마디
속 비워
휨曲에 견디는 힘
크게 했다

세파에 바로 서려면
튼튼한 기초
군더더기 욕심 버리고
눈물 이겨내는 마디
많아야 한다
깨닫고 돌아서는데
아기 손 같은 댓잎
바람에 흔들리는 소리
신비롭다

* 가새 : 수평력(바람, 지진 등)에 안전하게 하기 위하여 배치한 구조체

03

우물가 코스모스

푸른 하늘 아래
한 송이 코스모스
찬바람에
한없이 흔들리고 있습니다
애처로워
오래 사셔야지요?
말하는 나에게
걱정하지 말라던 얼굴에는
이슬이 맺혀 있었습니다

기어이 꽃은 떨어지고
그날 이후 살아온 세월

어느덧 가을 되고 보니
지친 몸 참으시며
자식 위해 우물가 지키시던
코스모스
줄기 썩어가는 것, 왜 몰랐는지
아픈 모습 보이지 않으려던
어머니 마음
늦게 더욱 서럽습니다.

04

낙심될 때면

마음에 비 오는 날
세상에서
가장 낮은 곳에 모여 있는
바다로 간다
갈매기 울음소리
끊임없이 바람 부르고
바람은 연신 바다 두들겨
파도 일으킨다
파란 꿈 해안에 부딪혀
눈물 되어 통곡
거친 대양 거치며
지켜온 자존심
포기하지 않고
끈질기게 밀려가고 밀려오는
파도를 본다.

05

목련화

푸른 옷도 입지 않은
목련나무 가지에

작은 꽃눈 뜨이고
흰 부리 내밀더니
기어이 속살 드러내
송이송이 하얀 천사
꽃 등불 되어
땅과 하늘 훤하게 밝히고 있다
꽃샘추위 이겨내고
봄 알리는 순결한 꽃
선구자 된다는 것
쉬운 일 아니기에
너의 모습
더욱 아름답다

슬며시 살고 싶은 것,
욕심이런가

겨울 까치

동반자

풍장된 나비의 꿈

벽에 그림을 그리다

심상

김건중

전북 완주 출생. 국제신문 정치부기자, 정치부차장, 국가보훈처 공보관,
광주지방보훈청장, 부산지방보훈청장, 보훈연수원장, 홍조근정훈장
『문파문학』 시 부문 신인상 당선 등단.
한국문인협회 회원, 창시문학회 회원, 문파문인협회 회원.
대한민국 미술협회 회원, 대한민국 미술대전 2회 입선, 개인전 1회 (서울 갤러리)
저서 : 시집 『길 위에 새벽을 놓다』 공저 『가을 그리고 소리』, 『그림이 맛있다』,
『문파문학 2015 대표시선』 수상 : 2015년 문파문학상(특별상)

01

겨울 까치

세찬 바람 부는 겨울 도시의 변두리
아파트 곁에 삶을 차린 까치는 늘 불안하다
아침 밝아 빈 가지에 지저귀는 울음소리
기뻐서야 울겠느냐 슬픔이 어디까지인지

메마른 나뭇가지 사이를 횡하게 돌아
아파트 시멘트벽을 훑고 지난
까치 소리는
까칠하게 맨바닥을 긁는다

숲을 지나 푸성한 잎사귀를 스쳐 푸적지게 우는
여름 까치 소리와는 영 딴전이다
맑은 귀를 가진 자만이 들리는
고향 떠난 목멘 소리

흔들리는 겨울 모진 흙바람에
봄을 쪼는 기다림 목청을 길게 뺀고
속바지 길게 끌고 가는 할머니
뒷자락을 쫓아 먹이를 호소하지만
쇠붙이 녹스는 소리 헛바람만 일렁인다

시골까지 밥으로 남긴 홍시 하나 어쩌자고

도시로 나와

서쪽으로 지는 해울음에 목이 젖어 우는가

02

동반자

밀물, 썰물 오가며 서로 부딪치듯
길 위에서 태어난 빛과 그림자로
만난 인연

수많은 사람 사이
별 헤이다가 졸음 오는 저녁에
푸른 꿈결같이 만난 사람
삶의 그림자 거닐며
음, 양 거리 힘껏 좁혀
끈끈하게 이어진 사랑과 정

시퍼런 겨울 칼바람
머리에 이고 고단한 삶의
여정에서 서로를 잡고
위로의 말 건넬 사람 그대밖에 없다

가슴에 묻은 어두운 말들 모두 꺼내어
하나씩 햇볕에 말리며
두근거리는 새벽을 이어온
녹슨 지난 세월

이제 새롭게 마주 보며 잡은
손마디가 너무 따스하다

그대 품에서 편히 자고 싶은
세월 무딘 종점에서
희미한 촛불 녹아내리듯
슬며시 살고 싶은 것 욕심이련가

03 풍장風葬된 나비의 꿈

천둥 같은 꿈이 깨어지는 날
거미줄에 맺힌 이슬방울
부고장 쓰기에 바빴다
늘어진 거미망에 걸려 나비의 꿈 풍장 될 때
산그늘 엎드려 조사를 읽고
서리 맞은 홍매화도
검은 상복 입고 애도 중이다

애벌레에 날개 달아 준 것
훨훨 날아 사랑의 전도사 되라 했건만
아직 펴지 못한 모란꽃 어쩌라고
일곱 꽃망울 맺어 놓고
꿈을 접어 천상 나비 되었나

그의 조문 행렬엔
장다리꽃도 울고
하늘로 향한 해바라기도 고개 숙여 묵념하고
애울음 보조개도 뒤를 따랐다

꽃이 피는 것은 사람을 부르는 것
나비 없는 꽃은
님 잃은 허기의 슬픔
흔들리는 가을빛에
검은 무지개만 떠 있다

04

벽에 그림을 그리다

숨소리마저 놓쳐버린 시간을 끌고 가다
칸이 막힌 검은 벽면에
슬금슬금 햇빛 기어드는 어스름

캠퍼스에 붓질 가듯 그림을 그린다

시간이 허락해 준 칠흑 감싸는
불빛 담긴 이야기 모두 꺼내
파랗게 부푼 여름의 풍성함과
삭풍에 매달린 떨리는 가지 하나에
잎사귀 하나도

별빛 놓고 간 울음 터지는 밤의 이야기
삶의 행간에 적시던 모든 것
꾹꾹 찍어 멍석처럼 펼쳐 놓고
맴돌다 돌아간 실비처럼 그리움
여인의 뒷모습도 끝내 그릴 수 있었다

눈 비비고 나서 뿌려진 그림
다시 보려 했지만
그림은 간 데 온 데 없고
벽은 헐어지고 누더기로 바른 신문지
시간이 놓고 간 잃어버린 활자만 남고
벽 구석에 무심히 늙어버린 벽시계 하나
시침, 분침 0시에 멈춰
적막만 고요하다

05

심상心象 - 마음의 밭

밝아지는 별자리를 찾아
등창에 고요가 내려앉는 밤
싸락눈 내리는 소리 마음 밝아 보려
별 하나에 마음 열어 광야로 빠질 때
벽을 넘어온 세상사 영상으로 쏟아진다

침묵의 날개 상상으로 몰려오고
음표 높고 낮음 흔들릴 때
감성의 온천에 피어난
시간의 무게로 건져 올린 세월의 강
싱그러운 밭에 푸성귀 자라듯 풋풋하다

건드리면 깨질 것 같은
고요를 삼키듯 상큼한 밤의
공기가 푸닥지게 환한데

비바람 소리도 음악으로 흐르고
삶의 멍에도 채반 위에
냄새 빠지듯 후드득 번져가는 밤
영혼의 눈이 부시게 짜릿하다

시간은 어느덧 자정을 넘어

무심코 식어버린
찻잔 하나 멍하게 들고 있다

❋

샹송도 억새밭에 지쳐 쓰러지고

때 죽 나 무

꽃 잎 속 웃 음

꽃 가 마 타 고 가 네

깊 어 가 는 가 을

길 고 양 이 와 할 머 니

최예숙

본명 최외숙, 충남 홍성 갈산 출생.
『문파문학』 시 부문 신인상 등단.
문파문인협회 회원, 한국문인협회 회원, 수지문학회 회원, 시계문학회 회원.
저서 : 공저 『문파대표시선59인』, 수지문학 5, 6집 『어디로 갔을까』
용인 600년 기념문집, 『늦가을 산마루에서』, 『꽃들의 수다』 외 다수

01

때죽나무

별이 떼 지어 빛나는 때죽나무꽃
고개 너머 떼처럼 밀려오는, 꽃향
두 뺨을 간질이고
쑥국이 우짖는 찔레꽃 덩굴 지나
훙얼훙얼 걷다 보니, 어느덧
연둣빛 오월의 눈코를 열게 한다
고기 떼처럼 매달린 때죽꽃
개울물에 떼로 별을 낳고
미리내 북두칠성 그려
땅 하늘별이 빛난다, 그 옛날
때죽나무 푸른 열매 짓찧어
냇가에 쌀뜨물처럼 풀면 은빛 배 드러내며
떼죽음한 영혼 달래듯
가지에 하얀 연등 달아놓고, 무덤가
별 밝히고 있다.

02 꽃잎 속웃음

가슴 내민 매화는
향기로 봄을 피우고
웃으며 진다

여름 담을 넘어온
짙은 립스틱 바른 장미는
미소 뒤 가시가 숨어 있다

찬 서리에도
향기로 속웃음 웃는
국화

하얀 눈꽃은
맑고 고요한 천 년 전
애기 별의 눈웃음 꽃

03 꽃가마 타고 가네

들엔 아카시꽃 만발
산속은 때죽나무 꽃향기로 가득

가로수 이팝꽃 터널 속
그 길로 큰오빠 꽃가마 타고 가네

산새들 오케스트라 연주 속에
꽃들 환영의 박수 받으며
묵언의 작별 고하고
오월 꽃길 뒤로
세상 문 걸어 잠그네

바알간 노을도 저 산마루 넘고
등잔 기름은 남았는데
불꽃은 바람에 꺼지고
세상 삶의 숙제 마치지 못하고
이제 펜을 내려놓았네

그가 떠난 자리
문득
문득
뻐국 뻐국
막내야 부르는 듯
메아리쳐 가슴에 꽂히고
텃밭 작은 연못 속
내 얼굴 아닌 당신 얼굴이
일렁일렁 여울져가네

04

깊어가는 가을

색색의 물감 모아
바람이 산들에 수채화 그릴 때
늘어진 레이스치마
밤이슬 젖는다

서리가 내리던 날
나뭇잎 떨어져 가을이 뒹굴고
세월은 잎사귀 등에 기대어
바람 따라 떠나고
멀어져가는 별빛 붙잡은 손
차갑게 흔들리고, 어느새
굵은 눈물방울 발등에 눕는다

깊은 밤
달빛 하얗게 퇴색될 때
샹송도 억새밭에 지쳐 쓰러지고

추녀 끝으로 들어오는 가을비에
손수건 건넨다

05

길고양이와 할머니

그림자 뒤에 숨어 살아온 길고양이
할머니 만나 이름을 얻었고
꽃처럼 웃는다
유모차 위에 앉아
아이처럼 웃는 고양이
배불리 먹고 햇살에 털 고르던
어느 날
심장에 가시가 돋고
시퍼런 눈초리에 까만 복면 쓴 아저씨
과자에 파란 크림
닭다리에 빠알간 초콜릿 발라준다
엄마라는 큰 세상 잃고
가랑잎이 된 아기, 들숨과 날숨소리 희미하다
자식 잃은 할머니 가슴
멈추지 않는 장맛비 쏟아진다
할머니는 연산홍 꽃이 되고
길 위를 걷던 고양이 하늘을 날고 있다

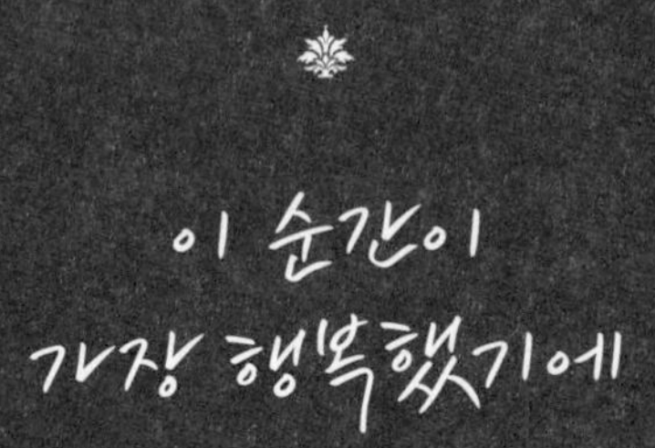

황혼 열차

은빛 바늘

거울 속 미소

고향의 밤하늘

철없는 사람

김용희

충청남도 논산 출생.
『문파문학』 시 부문 신인상 당선 등단.
문파문인협회 회원, 한국문인협회 회원,
호수문학회 회원. 서울 미술협회 회원.
저서 : 동인지『소중한 오늘』,『바람의 작은집』,『내안, 내 인에서』

01

황혼 열차

황금빛 추억 찾아
물보라 속으로 황혼 열차 달리다
지구 수없이 돌았을 날들
천둥 번개 비 오던 날 버리고
아름다운 날들만 보고프다
완행열차에 몸을 싣고
검은 연기 토하며 활활 타오른다

시간이 그대로 멈추기를
고만고만한 자식들과 성장하면 헤어질까 봐
이 순간이 가장 행복했기에

꽃피고 열매 매달려
바오밥나무 둥치에 살며시 등 기대
숨 고르기 황혼 열차 쾌속정이다

02

은빛 바늘

은빛 바늘 피할 수 없는 순간이다
오늘 몇 번의 공포에 떨어야 하나

바다에서 건져 올린 돌 위에 던져진 해삼처럼
몸속 혈관 다 말라버렸다

네 번째야 성공이다
이렇게 며칠이 지나가고
주사 약물 새어버리더니 두 팔이 멍투성이다
퇴원할 날도 머지않았는데
참기로 한다

다시 은빛 바늘이다
이불 얼굴 가리고 공포의 숨 들여 마신다
한 번만의 성공
눈에서 눈물이 주르륵 고맙다는 말
소리 없이 새어 나온다

03 거울 속 미소

무릎 인공 관절 수술
파편이 파고드는 듯
아파
너무 아파
입속에 모래알이 가득하다

내 목젖은 황태 덕장의 명태 꼬리가 되어
구들구들하게 말랐다

물 물 물
내 입속은 사막을 거닐고
몽롱한 상태에서 오아시스를 찾아
밤새 입술 위에 그림을 그렸다

너무 아파도 이빨이 빠지나 보다
난 이제 여자 영구
거울에 비친 모습 나도 어이가 없어
물로 닦고 또 닦으니 이가 보인다

거울 속 내 모습 찾고 미소 짓는다

04

고향의 밤하늘

찰흙 빛
하늘 헤일 수 없는
별똥별 하나 뚝
떨어진다

초가집 지붕 위에
하얀 눈 소복이 쌓이고
아침 햇빛 고드름 매달려 있다

고라실물 대토룡 타고
널직한 학독에 물 졸졸 흐른다

높은 산 고향 집 울타리
할머니 사시던 곳
초가집 지붕 위에 하얀 박꽃
고향의 밤하늘이 보고프다

05

철없는 사람

육 개월의 혼수상태 중환자실을 빠져나와
일반 병동 사람들과 대화 요양병원 활개 치고 다닌다
그동안 하지 못한 말 술술 나오고
시끄럽다 혼나는 것이 그의 직업이다
활기찬 그의 모습이 보기 좋다
병원 생활이 슬프기만 한 것은 아니다
오늘은 오천 원씩 내어 간식 사 먹는 즐거운 겟날이다

철없는 사람의 추억 여행을 떠난다
열다섯 살 연하의 여인과 흑장미 사랑을 하였다
장모님의 극심한 반대 무릅쓰고
결혼에 성공하였노라고 자랑단지에 불이 났다
키 크죠 곱슬머리에 외모가 받쳐주잖아요
그래그래 이 날도둑놈아
그렇게 웃고 떠들던 그가 아프다
하루하루 말라 들어가고 노란 얼굴
대장암 말기 복수가 가득 찼다

그는 떠나고 빈 침대만 덩그러니 남아 있을 뿐이다

어둠의 석양노을에
고요히 젖어가리라

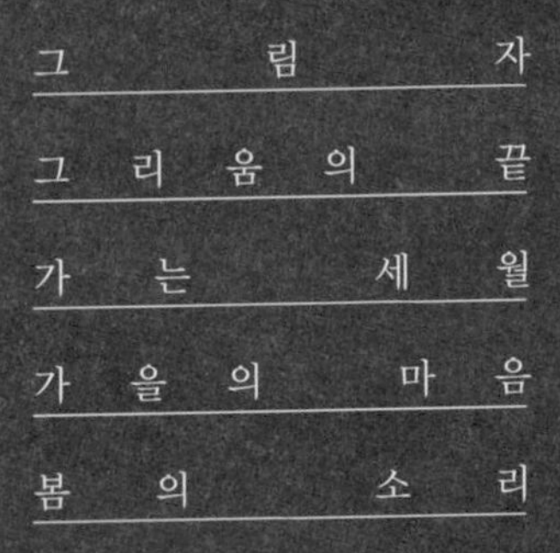

경용현

충북 괴산 출생, 백석대학교 신학과 대학원 졸업.
『문파문학』 시 부문 신인상 당선 등단.
문파문인협회, 신시문학회 회원.
파주시 금촌 성결교회 명예목사.
수상 : 제4회 파주시 사랑의 편지쓰기 공모전 입상

01

그림자

삶은 늘
바람처럼 스쳐 가는
그림자일까

시작하려는 찰나에
끝나 버릴 것 같은
헛발의 돌아봄은 아니겠지

그대와 나의 거리는
늘 공백이었지
주인은 허공에 있고
나는 늘 객으로 돌았지

어느 날
별빛 속에 쌓여
적신赤身으로 돌아갈 뻔했던

그러나 주인은

돌아가라 외면하시고
삶은 언젠가는 어두운 그림자처럼
벼랑 끝에 설 날이 올 것이라고
경고하시더군.

02 그리움의 끝

정도
그리움도
활짝 핀 봄꽃다운 황홀함의 향기에
고개를 숙였나

그리움의
나날이
가는 줄 모르고
가 버리고

정도
그리움도
황혼처럼 풀어놓고
어둠의 석양 노을에 고요히
젖어 가리라

03 가는 세월

가는 세월 탓한들
어찌할꼬

지는 해 잡을 수 없듯
석양에 붉은 노을 가슴만 탄다
언덕 위의
만발한 꽃들은 자랑들뿐이니
세월은 청산에 물 흐르듯
벼랑 끝 바위 다 녹아져 가네
어찌할꼬
새로운 길을 찾은들
물에 비친 제 모습은
바람에 흔들리는
나그네인 것을.

04

가을의 마음

가을이 짙어지며
노란 단풍잎이
화장한 듯 붉어져
황혼의 들녘이 되어가네

빛 고운 노을 지나
물씬 풍기는 가을의 들녘에
바람결에 안아가는

싸늘한 꽃의 향기로운 마음도

소리 없이 떠밀려가는
하늘의 추억만 남긴 채
빈 들녘에 바람에 지친
낙엽만 뒹글고 있네.

05

봄의 소리

엄동설한 얼음장의
고요한 품속
긴 얼음 동굴의
지저귀는 맑은 숨소리

새순의 연한 줄기 부시시
살며시 기를 펴오르니
대지의 종이 울리는가

단단한 대지 흔들어
봄 문을 열고
바람을 부른다

메마른 나무껍질 속에서도
수액은 미끄러지듯 바쁘다

하나님의 역사는 어느 한구석에서도 쉬지 않으시니
봄의 숨결도 바쁘게 돌아간다

이규한

강원도 강릉 출생.
『문파문학』 시 부문 신인상 당선 등단.
한국문인협회 회원, 문파문인협회 회원.
조달청 외자3과장 법무담당관.
현재 (주) MMA Korea 회장.
e-mail : lkhmma@naver.com

01

후회後悔

산새 우짖고
봉우리 지붕 사이 구름꽃 흘러가는
설악산 산 코빼기 서서
육신의 찝찔한 액체 바람에 씻는다

가슴에 닿는 시공
숨찬 걸음 흔적 어린 천불동 계곡
에워싼 산세 산세
고요히 반짝이는 먼바다
모두가 적막이다

오른 길 뒤돌아서니
엎어져 다칠세라 떨어져 죽을세라
앞만 보고 걸었네

연약한 계집아이
꼬부라진 늙은이
허기진 병약자
잡아주고 끌어주고
들어주고 먹여주고

함께하는 척

배려하는 척
모두 다 모른 체하고

내 집 마당 돌아와
사위어지는 그믐달 쳐다본다

02

원천源泉

세상 태어나
보람차게 살려다
어디 가려고
산허리 굽이굽이 돌며
그토록 해맑은 모습 반기더니
강에서 흙먼지 분칠하고
세파 시달리다 지친 채
기다림도 없는 망망대해
정처 없이 헤매다
존재의 근원 찾아
용궁 가나 하늘 가나

더는 말하지 않아도
되었으면 좋겠다

낮달

목련

숨어 피는 벼꽃을 보았는가

계약나무

그 시절

정소영

부산 출생.
『문파문학』 시 부문 신인상 당선 등단.
동남문학회 회원, 수원문인협회 회원, 문파문인협회 운영이사.
저서 : 공저 『껍질』 외 다수

01

낮달

나무에 박혔던 얼음의 앓는 소리가
사막 끝을 찾느라 지친 뿌리를 깨워
겨울 척박한 과수원을 촉촉히 적신다

마른 복숭아나무 가지 위에선
이름 모를 새가 둥지를 틀고
복숭아 벌레로 새끼들을 키워냈다

빈 둥지의 남은 온기로 열어진 먹구름
그 사이로 들어온 햇빛에 녹은
얼음 자리는 꽃자리가 된다

소년들이 불쑥 내민 손에서 쏟아진
반딧불에 놀란 과수원집 딸들 손에서는
복사꽃들이 수줍은 은하수가 된다

머리 위 태양이 빈 꽃자리에 매달은
마주한 하이얀 낮달 안에서는
소녀들의 설렘 붉게 익어간다

밤이 오면 복숭아 빛이 붉은 전등처럼
과수원을 훤히 밝히고
서리하러 온 소년들과 딸들의 발길이 둥실 댄다

02

목련

넉넉해진 햇살로
꽃잎이 터져 나오느라 재잘댄다

꿈실꿈실 일렁이던 바람이
악의 꽃 그림자에 감겨
바다를 사납게 때려 부수어
사월의 나뭇잎들은 물의 분노에 파랗게 질린다

열매가 붉게 여물기를 기다리며
흰 목련 꽃잎으로 꼬옥 여미고 있던 꿈들이
뚜우뚝 끊겨 비가 쏟아진다

검푸른 바닷속에 뿌려진 눈물들이
비수 같은 얼음조각으로
두텁게 앞을 막는다

빨간 등대 옆 빈 낚싯대만 걸려있는 바닷가
노란 상여를 아직도 타지 못한
별들이 여전히 깜박이며 전한다

노란 유채꽃 보러 가는 바다가
더는 무섭지 않았으면 좋겠다

미안하다고
더는 말하지 않아도 되었으면 좋겠다

비 맞은 빈 목련 가지에서
푸른 냄새가 터져 나온다

03 숨어 피는 벼꽃을 보았는가

마당 스티로폼 상자에 흙을 담고
구부러진 숟가락으로 써레질하여
잠든 볍씨를 깨워 착상시켰다
눈 뜬 볍씨 비와 바람과 햇살에 맡기니
푸른 볏 잎이 흰 젖을 모은다

태양의 허리가 높게 오르던 날
에메랄드빛 낟알이 촘촘히 박힌 이삭이
세레나데를 불며 고개를 쑤욱 내밀었다
꽃나비 찾아오는 고운 꽃잎이 없어
그리움은 더욱 깊어간다

꼬옥 닫힌 여인의 입술 같던 둥근 벼알들이

햇살 좋은 아침에 껍질을 열었다
심장 소리에 맞추어 춤추며
흰 쌀가루로 분칠한 키 큰 수술들
수줍어 숨은 솜털 같은 암술에 입맞춤한다

태양이 타들어 가는 시간
허락된 단 하루의 사랑은 끝나고
입술은 닫히고 하얀 눈물 자국만 남았다
생명 품은 그리움의 무게로
쌀 한 톨이 애면글면 영글어간다

04

계약나무

아파트 지키는 키 큰 나무
핏빛 자두가 투욱 툭 떨어진다
회색 블록 바닥에 검붉은 피
사방으로 튄다
목을 굽히지 못하는 자들
짓이기고 간다
발바닥 검은 그림자들
아우성이다
태양이 불타오르기 전

퍼렇게 질린 자식들
목이 잘려나갔다
계약 위반 때문이란다
입이 없는 자두
붉은 단맛을 만들고 있었을 뿐이다

05

그 시절

폐품 속 소리 없는 외침
되돌아갈 수 없는
닫힌 시간으로 돌아 세운다
쓰러진 나무 향기 찾아
책 주인 노릇 하던 흰 벌레
지는 해를 따라 사라진다
숨이 접힌 나뭇잎처럼
주검이 물든 편지
판도라 상자가 열렸다
삶을 툭툭 치고 갔던
종이 위에 흩어진 말
설익은 쌀알이 구른다
기억의 지평선을 서성이던 시간
버석대던 심장으로

소나기가 쏟아진다
중력을 이기고 떠올랐던 열
불투명한 세상과
거짓 작별을 고한다
너무 높을 때는 멈추고
밑바닥에서는 움츠리며
시계추를 격려하기로 한다
벌레가 갉아 버린 기억이
통증처럼 반짝인다

감정의 깊이 닮는 시간
무죄다

나비가 되어

기다림의 미학

화장

가문의 열쇠

해바라기

이정림

서울 출생.
『문파문학』 시 부문 신인상 당선 등단.
문파문인협회 회원.
수상 : 제 10회 편운 백일장 차상, 제 7회 동서커피문학상 맥심상

01

나비가 되어

부식된 내 가슴속 흰나비가 산다
창문 너머 녹슨 한 송이 꽃
들숨과 날숨의 울음소리
환하게 뚫려있다
삶 속으로 들어온 길
고통과 치유의 절벽
청춘의 어항 깜박이고
수면에 올라온 꿈은 잠을 설친다
밤새 머리맡에 앉아있는 그리움
기침과 신열에 젖어든다
x-ray 속 나비 투명하다
달빛의 고요한 숨소리
흙으로 뿌리를 내리고
눈물 흘러내린 가슴에 앉았다
녹슨 철조망 사이
새로운 나를 향해
날갯짓 시작한다

02

기다림의 미학

모죽은 어제의 모죽이 아니다
벌판의 지평선 따라
구름의 굴곡진 허리는
대나무를 향한다
댓잎을 흔드는 대숲 향기
겨울이 그리던 고향
살기 위해 몸부림쳤던
무질서 그리고 혼돈의 세월
도드라진 등 가렵다
죽림연우竹林煙雨 시간 사이
흰목물떼새 햇가지 머리에 이고
줄줄이 하얀 꽃을 매달고 있다
모죽-
죽순으로
대나무로
죽림으로
가지 끝이 발그레하다
모죽이 성장을 위해
우리도 성장을 위해
서둘지 말아야 한다
시간의 경계가 허물어진다

03

화장化粧

화장의 알리바이 취조는 없다
거울 위 집을 짓는다
뿌리내리지 못한 미지의 얼굴
절해고도에 유배 섬은 외롭다
말검 취검 차검 휘장이 드리워진다
새로 태어나는 순간 연회의 거리
홍등이 피어나고 가면무도회의 변검술
창조와 예술의 세계
감정의 깊이 닦는 시간 무죄다
영혼이 정화되고 타는 태양 갑판 위
얼굴이 가려워진다
비상하는 날개 내민다
물러날 곳 없는 화장의 무게
미지의 세계 나를 마주한다

04

가문의 열쇠

심해의 물을 퍼 올려 검은 먹을 간다
먹빛의 물은 수백 년 가문의 역사
살림을 배우고 매운 시간과

우물 속 침묵을 벗기고
항아리를 건져내
소금밭으로 구르니
서걱거리는 길 가시밭이었다

독 안에 묻어 놓은 회한의 세월
아린 손끝으로
항아리를 닦고 지키며
햇살 한 줄기의 기운과
바람의 공기
비의 물방울
눈의 얼음을 가져온다

장독대의 세상엔
콩의 두근거림이 고여 찰랑댄다
타들어 가는 갈증은
씨간장으로
햇간장으로
덧간장으로
씨앗의 생명을 지켜야 하는
곳간 열쇠의 눈물로 흘러내린다

시할머니의 날 선 백발의 서리가 내리고
밤새 얼어붙은 고택 종부의 장은
가문의 귀한 열쇠로 부활한다

05

해바라기

아기는 엄마가 내어놓은 씨앗
아기띠로 마주 보는 사이
아기 가슴과 엄마 가슴은
두근거림을 지나
아기의 손과 발그레한 볼
보송보송 솜털도
해바라기 얼굴은 갈기로
키워간다
아기 눈망울은
이슬로 반짝이고
하늘 햇살 한 갈래
엄마 눈물은 수만 갈래로
소리 없이 아기에게 흘러내려
마음 실은 바람 따라
두 팔과 두 다리 팔랑거린다
태양이 스며들고
달빛이 굴러들어
해바라기는 자꾸만
아기를 흔든다

철썩이다 부딪히는 그리움

정정임

충남 아산 출생.
『문파문학』 시 부문 신인상 당선 등단.
문파문인협회 회원, 동남문학회 회원.
저서 : 공저『1초의 미학』,『껍질』 외 다수

01

그 사람

태양이 눈뜨기 전에
주섬주섬 옷을 입는 사람

비틀거리는 거리에서
모진 풍파 견디며
이를 악무는 사람

오래도록 함께하고 싶어
같이할 수 없는 사람

견딤에 익숙하고
매 맞음에 단련되고
피곤함도
사치라 여기는 바로 그 사람

오늘도
그가 나간 전쟁터에서
총과 바꿔온 이름 하나
집안의 가장

01

어머니

멈추지 않는 호흡과 같이
불러보고 싶은 이름
어머니

그렁그렁
울컥울컥
출렁이는 파도와 같이
철썩이다 부딪히는 그리움

장작개비처럼 바짝 마른 몸으로
칠 남매 키워내시다
부지깽이처럼 타버린 사랑

등 뜨신 줄 모른 채 살다가
순식간에 놓쳐버린 이별
되돌릴 수만 있다면
되돌릴 수만 있다면

오늘도 목놓아 불러 보고픈 이름 되어
메아리로 남는다

02
지동시장에 가면

참기름 바른 떡집 향이
하루를 흔들어 깨운다
김 서린 국밥집 탁자에는
정조의 효심이 따끈하게 담기우고
먼 길 걸어온 삶의 애환들
모난 철판 위에서 달큰하게 볶아진다
푸드덕
푸드덕
도심 속으로 날아든 발자욱들
허기진 고향품 그리다
지동시장에 안긴다

03
불면증

심장 속으로 걸어오는
시계 발자국 소리
밤새 쌓았다 부서지는 빌딩 사이로
추억은 올 풀린 스타킹처럼
금을 타고 달린다
뜬 눈으로 달랜 어두운

아침을 몰고 오는데
뒤척이다
뒤척이다
멀어지는 하얀 달빛
가파른 고개를 넘어간다

04

여성시대

쪽 찐 머리
뽀얀 버선
옷고름 풀고
귀머거리 삼 년
눈감고 삼 년
모질게 견뎌온 세월

배꼽티에
레깅스
거리를 활보하고
강남대로변
요술의 집으로 들어가
붕대 풀고
인형의 탈을 쓴다

삶의 가장자리는
넘어지지 않는
자전거처럼 달린다

산 딸 기
여름밤 시공 없는 사유
가 장 자 리 에 서
꽃 망 울
누이 닮은 꽃

김광석

경북 칠곡 출생.
『문파문학』 신인상 시 부문 당선 등단.
문파문인협회 회원, 동남문학회 회원.
글쓰기 동아리 〈삶을 바꾼 만남〉 회장.
저서 : 공저 『껍질』 외 다수

01 산딸기

아침 햇살
함초롬 피어나는
초록 손바닥

길섶
산딸기 잎새들
재잘대는 소리

젊음은
달보드레한 맛
알 수 없는 세상

그 열매 찾아
꽃 피우려
오월의 노래 부른다

02 여름밤 시공時空 없는 사유

재깍 재깍 소리
태초부터 있었다

하이얀 하늘
나로 우주 발사대에서 명왕성 너머로

한낮
찌는 더위 육천만 년 종種 이어오는 개미
밤이면
찍찌르르 찍찌르르 베짱이 노래 소리 졸음은 오고

나는 누구인가
비워 낼수록
쌓이는 잡념

03 가장자리에서

상크름 한더위 가장자리 맵찬 바람 불어올 때때로 불태우던 야망 속도위반의 댓가 호되게 치른 아픔 삶의 나이테 되고
피부 맞대고 팩팩한 공기 지금 밟고 서 있는 삶의 가장자리는 넘어지지 않는 자전거처럼 달린다

푸르를수록 좋은 것만은 아닐세 결핍에 허덕이는 어려운 이야기 마주칠 때면 가늘고 엷어도 그 속 의미가 새롭다

04 꽃망울

소소리바람
매화 가지 위
연한 젖빛
시나브로
달보드레한
자태
겨울잠 깨워
봄소식 전하는
꽃망울
단미
내게로
온다

05 누이 닮은 꽃

마파람
산기슭에 닿으면
매서웠던 추위 녹고

개나리 다투어

지나간 강산
벚꽃 절정 이룬다

함초롬 피어나다
떨어진
누이 꽃

내게 준
미쁨
못 잊을 이야기

그 노래
불러주세요
다시 피도록

그날 시간의 향기를
그리고 있습니다

한 풀 죽 다

취 광 나 비

그 때

언 제 나 그 자 리 에

스 며 들 다

장선희

충남 예산 출생.
동남문학회 회원, 문파문인협회 회원.
e-mail : jaizim@hanmail.net

01

한 풀 죽다

무쇠 같이 찾아온 비,
운명 다 잠길 때까지 눈물 흘리고

백색의 무명치마 지지랑물에 색이 바래
흙길에 새겨진 얽히고설킨 넝쿨 줄기들
풀숲에 웅덩이 만들어 나를 반겨 주네

비 개인 창문 너머 오색햇살로
힘주어 애원하고 애원해도
짜디짠 바닷바람 그 눈물 말릴 수 없다네

눈물이 비가 되어 속울음 쏟아내고
비는 눈물을 삼키고 아픔을 남기네

02

취광나비

자판 소리는 종이 향에 이끌려 바른 곡조 터트리려 숨 깊게 몰아서 날갯짓 하며 펜의 힘을 좇는다 메케한 냄새 위장까지 파고들어 요동치고 하루 벌어 살고자 인생 발악 하는데 그대들의 청분은 어디 갔느냐

덜룩하던 그대의 잉크 먹구름 되어 쏟아지니 구슬픈 곡조로 담담히 받아 휘돌아 보내리다 처진 날개에 바람의 윤활유를 덧칠하고 머리 위 광대무변한 내 하늘을 보라 코발트색 하늘을…

03

그때

문득 향기가 그리울 때가 있습니다.
왠지 모를 익숙한 이 순간 이 느낌
그대가 그리워지는 향기가 아닙니다
그 순간이 떠올라 드는 망상입니다
그대가 보고 싶어 드는 마음이 아닙니다
그때가 그리워 드는 아쉬움의 자취입니다
나는 그때가 그립습니다

그대와 함께한 그 순간들의 향기

내 몸의 감각이 기억하고 있습니다
그대와 함께한 그 날들 이젠,
익숙한 느낌으로 자리 잡고 있습니다

잔잔한 바다를 새털처럼 걸어 다니듯
아지랑이 열정이 실타래처럼 피어오르듯
허공에 물감을 뿌려놓은 듯 한 미지의 향기를 탐닉하듯
그대와 난 그 순간 그 길 위에서
그날의 시간 향기를 그리고 있습니다

04

언제나 그 자리에

사나운 파도 사이로 그가 서 있다
한두 방울 탄 세제가 거품을 불러일으켜 엄청난 숫자의 말
거품들이 순식간에 군집해 달려간다
거친 말 발굽 소리 척박한 대지의 언덕을 타고 메아리 져
굉음의 소용돌이를 만들어도
바람의 차가운 이빨은 포효하며 너불거리는 너울을 뒤집어쓴 채
어둠의 적막을 깨지 못하게 슬며시 안는다
그도 요란한 소리를 삼켰다 차곡차곡 토해낸다

05

스며들다

따끈따끈한 종이 한 장 내 손안에 들어와
각색으로 물든 단풍색처럼 색색의 종이
너의 색 찾아 물들여 주고파
무엇으로 채우고 무엇을 담아야 네가 될까

무채색 도화지에 널 그리다
선명하게 그리진 도화지 선에 너의 지나간 흔적을 본다

휘청거리며 갈피 잃은 마음 길 애써 찾으려는 선
방황도 좌절도 너를 향한 사랑도 혼란스럽다
아프다, 아픈 영혼의 울림 없는 소리
발버둥 치는 네 육신과 영혼을 잡아
태중 온기로 품어 화선지에 다시 널 보내주리

널 위해 묵을 갈고 갈아
작고 큰 곡선에 채색법을 알려주리
화선지 위에 서서히 스며드는
널- 한 발짝 뒤에서

내 가슴에도 붉은 꽃 가득 핀다

섬

샛골 전설

샘골은 달빛에 젖어

심장을 켜라

바퀴는 지금도 달리고

조영실

충남 당진 출생.
『문파문학』 신인상 시 부문 등단.
동남문학회 회원, 문파문인협회 회원.
e-mail : lcj92@hanmail.net

01

섬

사방은 검푸른 빛 날 세우고
수만 리 달려와 내리치는 거센 몸짓
패인 허리 또 패이고
터지는 울음소리 부서지는 파도 소리에 묻는다

뱃고동 환청 속에서 들리고
절벽 위 소나무 돌개바람에 흔들린다
바위 위 흰털바위이끼 고개를 빼고
깃털만 날리는 바다제비 둥지를 들여다본다

밀려나간 그리운 것들,
수평선 너머 그림자만 아물거리고
뭍으로 가는 길이 끊어졌다는 소문이 흘러 왔지만
등대는 초록별 그리며
낡은 등명기燈明器 덜컹거리며 깜빡거린다

02

샛골 전설

시어머니가 남쪽 끝에서 가져온
질그릇 동이에 동백 피어나면
내 가슴에도 붉은 꽃 가득 핀다

다 비워낸 빈 껍질의 허물어진 집
매화 동백만이 옛 위엄을 지키고
그믐달도 비끼어 갔다

곡강 양반 정기 서린 어린 가지 꺾어
누대를 지켜온 마음 오롯이 담아
팔백 리를 껴안고 온 서늘한 결기

해마다 흰 눈 속에 동백 피어나면
붉게 물들었을 시어머니 애절한 마음
가슴에 그리움으로 뚝뚝 떨어져 내린다

03

샘골은 달빛에 젖어 -정읍사 망부상에서

아양산 기슭 정읍사 공원엔
천 년의 달빛 사랑이 흐른다
두 손 모은 여인의 간구 소리
나뭇잎마다 속삭인다

왕버들 나무 밑 단소 소리에
목 빛 가슴 연분홍빛으로 물들이고

환한 웃음으로 피어난 월아
길 떠난 임 무사안일 기원 소리에
산비둘기도 날갯짓을 한다

속울음 정읍천에 띄워 동진강에 묻고
그리는 마음은 서래봉을 붉게 물들인다
신선도 옷자락을 여미는 비자림 군락에
여인봉으로 정결한 사랑 오롯이 담는다

거룩한 염원은
샘골에 그윽한 향기로 스며들고
거리마다 불 밝히며 가슴을 뜨겁게 달군다
천 년의 사랑, 월아 달빛으로 환하게 웃는다

04

심장을 켜라 –동학농민혁명 기념관에서

새로운 물결
거센 파도 소리 샘골을 뒤흔들고
가슴 속의 뜨거운 용트림
말목장터에서 하나가 되었다

꿈을 꾸어도
날개를 달지 못하고
껍질을 깨뜨려도
껍질을 다시 붙여야 하는 박제의 삶

결연히 일어나
꿈을 꾸고 껍질을 벗겼다
하늘 문을 열고
네가 나와, 내가 너와 똑같게 되었다

황토현의 빛나는 승리
전주성 입성 이은 집강소의 농민 자치
우금치에서 스러지고
대둔산에서 마지막을 맞이했지만

꿈은 날개를 달고 날아올라
우리의 심장을 켜고

등불이 되어
껍질을 벗고 하늘과 마주 서게 한다

05

바퀴는 지금도 달리고

동쪽에서 걸어온 햇발에 온몸 찔리며
가지마다 선홍빛 살을 뻗어 바퀴를 매단다
별빛 품고 시간이 걷는다
중력을 꿰뚫은 몸짓
부풀어 올라 원형의 단내 품고
바람을 가르며 달려와
촛불 켠다

레테의 강 저편
황도 복숭아를 베어 물고
마르지 않는 젖내로
방안을 환하게 밝혔던 어머니
내 손끝까지 달구며 함빡 웃는다
시간과 경계를 넘어온 향내는
해일처럼 가슴을 모아 세우고
전설에 또 다시 전설 만들어
힘차게 바퀴를 굴린다

은하수 너머로
퍼져나가는 무지갯빛 바퀴살 반짝이며
연분홍빛 용트림 지금도 달린다

가슴엔 장미 한 송이 피어 난다

광속의 빛

해바라기

명상

걷고 싶다

무상

이주현

경북 영양 출생.
『문파문학』 신인상 시 부문 등단.
창시문학회 회원, 문파문인협회 회원.

01

광속의 빛

칠흑 같은 동굴 저편에
작은 빛이 스며든다

괭이 끝에 퍼지는 광물의 빛
수없이 터지는 굉음
작은 빛 하나
가까이 다가온다

광부의 가슴은
천둥번개가 일고
괭이는 꽹과리가 되어
장단을 맞추고
어깨는 덩실덩실 춤을 춘다

수없는 땀방울이
땅을 촉촉이 적시고 마르고, 결실은
눈부신 황금빛을 뽐내며
자루 속에 쏟아진다

02

해바라기

키는 멀대처럼 크고
둥글넓적 복스러운 얼굴
여드름투성이다

눈만 뜨면
그대를 따라 다닌다고
붙은 이름이 해바라기

동네 아낙들
심심풀이 입방아 소리

담장 위에
노란 능소화 귀에도
나뭇가지에 졸고 있던
참새들 귀에도
바람은 소삭 소삭

한여름 폭염에도 마다치 않고
그대만 따라 다니더니
달덩이 같은 얼굴은
볼록볼록 튀어나온
주근깨투성이다

그녀는
요즘 부끄러워
고개를 푹 숙이고 섰다

03

명상

잔잔했던 숨소리마저 사라지고
내 영혼은 먼 여행을 떠난다

시원하게 뚫린 가로수 저 멀리
보일락 말락 가물가물
붉은 홍점 하나
마음의 문을 연다

희미한 안개가 걷히고
또 걷히고…

붉은 홍점 하나가
내 가슴을 파고든다

은은한 향기가 퍼지고
몸엔 전류가 흐른다

얼굴엔 미소가 흐르고
가슴엔 장미 한 송이 피어난다

04 걷고 싶다

평생 뛰어온 인생
이제는 걷고 싶다

비 오는 날 비 맞으며
눈 오는 날 눈 맞으며

바람이 등을 밀면
한 발짝 건너뛰고

붉은 구름 흰 구름
켜켜이 쌓인 아픔
허공에 흩어진 향기로 묻어 버리고

작은 추억 하나 가슴에 달고
천천히 걷고 싶다

그 날까지

05

무상

친구야
오는 길에 돌부리는 없었는가

자국마다 땀이 고여
여기까지 오셨는가

짐은 벗어 세월 주고
마음 묶어 바람 주고

젖은 옷 벗어들고
훨훨 한 번 털어보게

이리도 시원한 걸
이리도 가벼운 걸

땅에 누운 꽃잎이 먼 길을 간다

비 오는 바다

늙은 고양이

꽃 진 자리

두꺼비 집

까치 눈물

원경상

경기도 과천 출생.
『문파문학』 신인상 시 부문 등단.
동남문학회 회원, 문파문인협회 회원.
저서 : 동인지 『1초의 미학』 외 다수

01

비오는 바다

바다에 비가 내린다.
비는 바다를 적시지 못하고
바다가 된다

비와 바다는 밤새도록
철썩철썩 사랑 이야기 깊다
천 년을 함께 가자고,

바다가 해를 먹으면
구름은 바다를 업고
세상 구경하다 바다로 돌아온다

바다에 비가 내린다

02

늙은 고양이

불 꺼진 가로등 전봇대 밑
밤마다 내버리는 검은 봉지
버려진 이들에게 봄은 있을까

유모차에 끌려다닌
허리띠 졸라맨 늙은 고양이
봉지 하나 뜯어낸 하얀 밥알들

딸 아홉에 아들 하나
자갈논 팔아 유학 보내며
박사 학위 받은 자식
모두 다 쭉정이뿐

어둠 속으로 사라져가는
허리 굽은 늙은 어머니
흔들리는 발자국 하나

03

꽃 진 자리

쓰러진 고목에 꽃잎 떨어져
허전한 빈 가슴 달빛 부서질 적에
뜨거운 눈물이 땅을 적시면
창문이 흔들린다

그녀일까 하고
문을 열지만 아무도 없는 밤

바람이 지나갑니다
불 꺼진 창가에
나 홀로 서서 둥근 달 바라보며
그 얼굴 그려 본다

꽃잎 진
빈자리 눈물 자국뿐
새들도 떠나간 부러진 나무에
바람이 일면
땅에 누운 꽃잎이
먼 길을 간다

04

두꺼비 집

강산이 세 번 변하던 그해
산비탈 언덕에 앉아 별을 세면
저 건너 게딱지 창가에도 별들이 뜬다
달빛 부서지는 밤
세월은 길을 닦고 강산을 실어 나른다

당겨진 화살 가버린 청춘
꽃피는 춘삼월 십오일

아리랑 고개 육부 능선 길
그해 유월이 다가올 무렵 장대비 맞으며
두꺼비가 산언덕에 집을 지었다

하늘은 울고
번개가 땅을 두드린다
봄은 오고 가건만 잠든 두꺼비는
일어날 줄 모르고
푸른 잔디만 일어섰다

05 까치 눈물

산속 벽제로 날아간 까치
낭떠러지 바위틈 문 앞에 서면
언제나 내 얼굴엔 샘이 솟았지

하늘에는 밤마다
별이 흐르고
땅에서는 날마다 꽃이 피는데
바윗길 걸으며 울음 삼켜도
까치와 까치는 이승과 저승
돌문 하나 가로막혀

끊어진 왕래
우리라는 시간은 35년뿐
더 이상 바라는 건 욕심이겠지

늘어진 산그늘
집에 갈 시간 알려줄 때면
돌문에 걸린 벽화 속에서 흐르는 눈물

문파 대표 시선 -59-

지연희

김상아

박하영

송미정

전영구

장의순

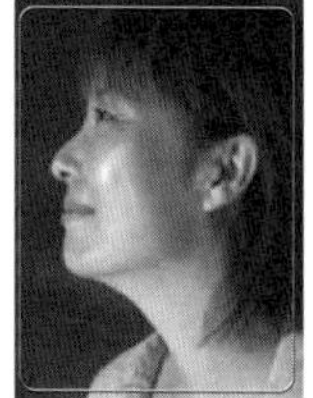
김안나

김태실

한윤희

백미숙

최정우

서선아

이규봉

김영숙

박서양

전옥수

홍승애 양숙영 박경옥 탁현미

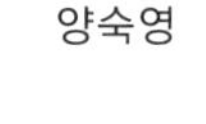

허정예 장정자 임정남 김경아

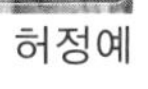

김좌영 정경혜 김미라 김옥남

박진호 채재현 이광순 유귀엽

시인소개

문파 대표 시선 -59-

부성철

박노일

권소영

이은영

조영숙

박옥임

한복선

이춘

김복순

김영화

박명규

임종순

김용구

김문한

김건중

최예숙

김용희

경용현

이규한

정소영

이정림

정정임

김광석

장선희

조영실

이주현

원경상

2 0 1 6

문 파 대 표 시 선

지연희 김상아 박하영 송미정 전영구 장의순 김안나 김태실 한윤희 백미숙
최정우 서선아 이규봉 김영숙 박서양 전옥수 홍승애 양숙영 박경옥 탁현미
허정예 장정자 임정남 김경아 김좌영 정경혜 김미라 김옥남 박진호 채재현
이광순 유귀엽 부성철 박노일 권소영 이은영 조영숙 박옥임 한복선 이 춘
김복순 김영화 박명규 임종순 김용구 김문한 김건중 최예숙 김용희 경용현
이규한 정소영 이정림 정정임 김광석 장선희 조영실 이주현 원경상

2 0 1 6

현 대 인 이

꼭

읽 어 야 할

문파 대표 시선 59

2016년 문파문학에서 선정한 대표 詩選

지연희, 백미숙, 박하영, 탁현미 외 지음